文春文庫

武士の流儀（七）

稲葉 稔

JN031136

文藝春秋

武士の流儀

七

第一章　縁の下の力持ち

一

和助《わすけ》は腕のいい畳職人だった。年は三十三歳というはたらき盛りだ。だが、ここ半年ほど前から和助の様子がおかしくなった。それまで熱心に仕事をしていたのに、何がきっかけでそうなったのかわからないが、仕事を怠《なま》けるようになり、それまであまり飲めなかった酒を浴びるように飲むようになった。さらに、小銭を持って出かけてはしおたれた顔で帰ってくる。

そんな亭主のことを女房のおそのは黙って見守っていた。そのうち以前のようにはたらいて稼いでくれるようになるはずだ。もともと生《き》一本《いっぽん》で真面目な男なのだから立ち直ってくれると信じていた。

ところが、小銭を持って出かける先が博打場だと知り、頭に角《つの》を生やした。

「今日という今日は堪忍ならないわ」

「何が堪忍ならねえ。なんでえ、目を三角にしやがって……」

和助はふんと鼻を鳴らして酒を飲む。本八丁堀にある長屋の自宅だった。そこは和助の仕事場も兼ねているので、土間には古畳が何枚も壁に立てかけてあり、これから表を張り替える畳も置かれていた。道具の針や糸や包丁、その他に敷き込み鈎《かぎ》や手当などが無造作に置かれている。

「わたしは知っているのよ。あんたがときどき出かけていく先を。行く度《たび》になぜしけた顔で帰ってくるかも……」

「うるせえ！　おれがどこへ行こうがおれの勝手だろ。生意気をいうんじゃねえッ！」

「あんたの勝手で生きちゃいけないじゃない。研吉《けんきち》がいるのよ。子供がいるっていうのに、博打をやって負けては酒を飲む。仕事もろくにしなくなった」

和助は飲もうとしたぐい呑みを口の前で止め、「うっ」と、うめくような声を漏らした。

「酒を飲んでもいい。だけど、博打だけはやめてもらいたいの。あんたは仕事のできる人じゃない。怠けるようになって仕事は減ったけど、真面目にやればまた稼げるんじゃなくて……」

「なんでぇ……」

和助は声を低めて酒を嘗《な》めた。部屋の隅で研吉がきちんと座って、二親のやり取りを眺めていた。

「博打だけには手を出してほしくないの。真面目に仕事をしてもらいたいの。あんたに辛くあたられても、わたしはこれまで堪えてきた。そりゃあ、虫の居所が悪くて人にあたりたくなることもあるでしょう。だから、わたしは何もいわずにあんたの気が収まるのを待っていた。ずっとそうだった、そうだったわね」

「だからなんだってんだ」

「あんたは女遊びしないのが救いだけど、女遊びはいっときの気まぐれだというのが世間の習いじゃない。だけど、博打は違う。身を滅ぼしたり、身代《しんだい》を潰すことだってあるって聞いているわ。だから、それだけはやめてほしいの」

「うるせえなあ」

和助は面倒くさそうに声を低めて、座ったままおそのに背を向けた。

「わかったよ。賭け事はやめて、真面目にはたらくよ。そうすりゃいいんだろう」

おそのは和助の背中を見つめた。素直に信じられはしない。

「ほんとうにわかったのね。真面目にはたらくのね」

「そうするといったじゃねえか」

和助はぶっきらぼうに答えて、徳利《とっくり》を引き寄せた。

「お願いしますよ」

おそのは神仏に祈るように頭を下げた。

しかし、和助の遊び癖は直らなかった。二、三日は真面目に仕事をしていたが、仕立ての終わった畳を届けに行ったまま、夜遅くまで帰ってこなくなった。酒の臭いをさせて、稼いだはずの金は財布には入っていなかった。

それから一月後――。

和助の悪い癖は直らなかった。近所に出かけてくるといったまま、夕餉《ゆうげ》も食べずに夜遅く帰ってくる。財布に金はない。ついに近所の店へのつけも払えなくなった。

掛け取りがやってくると、和助は居留守を使えとおそのにいって、こそこそと裏の勝手口から逃げる。

おそのは悩み考えた。このままでは夫婦仲だけでなく、まだ幼い研吉のためにもよくない。離縁したいけれど、それもできない。研吉は父親の和助を慕っているので、ここで夫婦別れをしたらどれだけ悲しむだろうかと思い煩《わずら》う。〝子は鎹《かすがい》〟とは、よくいったものだと、骨身に沁《し》みるほどわかった。そして、だめ亭主に頼る自分がいけないのだという考えに行きついた。

亭主は病気なのよ。

そう、亭主が病人になったら、それを助け支えるのが女房だと自分にいい聞かせた。亭主が稼げないなら、自分がはたらいて稼げばいいのだ。

さいわい研吉は乳離れしているし、留守番もできる。それに亭主は居職《いじょく》である。博打に出かけるのは夜と相場が決まっている。

「よしッ」

思い悩み心を決めたおそのは、胸をたたいて決断した。和助が注文を取りに行っている間に、

「研吉、おっかさんはちょいと出かけてくるから留守番を頼むね。おとっつぁんはじきに帰ってくるから。わかった？」

研吉はわかったとうなずいた。

おそのは髪に櫛《くし》を通し、まだ新しい着物に着替えて長屋を出た。

まずは昼間雇ってくれそうな店に飛び込んでいった。

反物屋、菓子屋、料理屋……。

しかし、期待する返事はもらえなかった。子持ちで亭主持ちというのが相手に引っかかるのだ。それでもあきらめずに実入りのよさそうな商家を訪ねていった。

しかし、その日は見つけることができず、悄然《しょうぜん》となって稲荷橋の袂《たもと》にある甘味処の床几《しょうぎ》に座って考えた。

（なぜ、すぐに雇ってくれる店がないのかしら）

内心でつぶやき、そんなことはないはずだと否定する。

空は朱《あけ》に染まり、もうすぐ日が暮れそうになっていた。目の前を魚屋の棒手振《ぼてふり》や、道具箱を担いだ職人が足早に通り過ぎていく。

「お替わり差しあげましょうか？」

愛嬌のある店の若い娘が声をかけてきた。「はい、お願いします」と答えると、娘は何か悩み事でもあるのですかと問いかけ、

「あ、いえ、その、さっきから思い詰めた顔をなさっているので気になったんです。失礼なことでしたら申しわけありません」

と、頭を下げた。嫌みのない娘だった。

「ううん、何でもないのよ。気にかけてくれてありがとう。あ、そうだ」

おそのは軽く手を打って娘を見た。

娘は何でしょうと、愛くるしい顔にある目をまるくする。

「この店は人手は足りているかしら？　もし足りていなかったらはたらかせてもらいたいのだけれど、店のご主人に聞いてもらえないかしら」

おそのは真剣な顔で伺いを立てたのだが、娘は少し困り顔をして答えた。

「人手は足りていますけど、仕事を探してらっしゃるんですね」

「そうなの。怠け者……いいえ、病気の亭主がいるから、わたしが稼ぎ手にならないと生きていけないのよ」

いった先からこんな娘に、こんなことを打ちあけてもはじまらないと後悔するが、出てしまった言葉を引っ込めることはできない。

「旦那さんは床に臥《ふ》せってらっしゃるんですね。それは困りましたね。でも、話を聞いてくれそうなお店《たな》があるので、聞いておきましょうか？」

娘は心強いことをいう。急にその娘が神様仏様に見えてきた。

「力になってくださるのね。だったらお願いいたします」

おそのはひょいと、床几から立ちあがって深く辞儀をし、自分の名前と年と住まいがどこであるかを教えた。

「わたしはいとといいます。明日の昼頃にでも来てくださったら、何か返事できると思います」

「わかりました。お願いいたします。おいとさん」

おそのは礼をいってから、その甘味処が「やなぎ」という店名だというのに気づいた。

二

桜木清兵衛《さくらぎせいべえ》は若葉の匂いに誘われたように、本湊町《ほんみなとちょう》にある小さな屋敷をいつものようにぶらりと出た。いまや日課になっている散歩である。とくに目的があるわけでもない、ただの暇潰しだ。

単衣《ひとえ》の小袖を着流し、ぶらぶらと歩く。大小を差してはいるが、いまや無用の長物でただの飾りとなっている。されど、それが唯一の武士としての証《あかし》であった。

しかし、以前は違った。出仕には継裃《つぎかみしも》に平袴《ひらばかま》（半袴）、白足袋《たび》に雪駄《せった》履き、髷《まげ》は小銀杏《こいちょう》に結い、髪には櫛目を通し、草履《ぞうり》取りや槍持ち、鋏箱《はさみばこ》持ちを従え颯爽《さっそう》と歩いたものだ。

何を隠そう清兵衛はやり手与力として辣腕《らつわん》をふるってきた男である。それも風《ふう》烈《れつ》廻りという外役で、清兵衛を知る悪党は恐れおののき、その姿を見ると、こそこそと隠れたものだ。立てた手柄もひとつや二つどころではない。

捕縛した罪人は三十人を下らないし、未然に防いだ犯罪は百件を超える。町奉行所内では「風烈の桜木」と呼ばれた男だった。

ところがいまは隠居の身で、暇を持て余しながら余生を送る毎日だ。歩きながら眠くもないのに「ふぁー」と、欠伸《あくび》が出る。

（さてさて、今日はどこをまわるか）

と、心中でつぶやく。

以前なら「今日はどこどこを見廻る。ついてまいれ」と、配下の者に告げて町廻りをしたのだが、いまはどこかで面白い話は聞けないか、暇潰しになる見物はないかとのんびりしたものである。

これといって目的もないのだけれど、とくにその日の行くあて先に見当がつかないときには、稲荷橋のそばにある「やなぎ」という甘味処に立ち寄る。

「やあ、いい陽気になったな。桜の花が散って寂しいが、新緑の若葉の放つ香りはなんともいえぬ」

床几に座るなり、すぐにやって来たおいとに話しかけた。

「ほんといい時候になりました。桜木様、今日はどちらへお出かけで……」

おいとは人あたりのよいふっくらした顔をしている。また人の心をほぐす、なんともいえない笑顔がたまらない。五十の坂を越えた清兵衛から見れば、自分の子供よりずっと若い年頃だ。

「どこへ行くか、それは風の向くまま気の向くままよ」

清兵衛は冗談ぽくいって、ハハハと勝手に笑う。おいとも釣られて笑い、それからすぐに茶を運んできた。

「何か変わったことはないか？」

茶に口をつけてからおいとに聞いた。

「これといって変わったことはありませんけど、わたし、ちょっといいことをしたのです」

「ほう、どんなことだね」

「ご近所におそのさんというおかみさんがいらっしゃるんですけど、ご亭主が床に臥せっているので、代わりに仕事をしなければならなくなったんです。それでどこか雇ってくれるところがないだろうかと相談を受けて、お世話したのです」

「うまくいったのだな」

「はい、小間物問屋の『三浦屋』さんのご隠居がよく見えるんですけど、そのことを話したらすぐに引き受けてくださったんです」

「そりゃあよいことをしたな」

清兵衛は褒《ほ》めながら、さて、これからどこへ行こうかと頭の隅で考えるが浮かばない。暇ついでに、その女房の亭主の具合はよほど悪いのだろうかと聞いてみた。

「さあ、詳しくは聞いていませんけど、床に臥せって動けないのでは……」

「そりゃあ大変だ」

「その方には五つの男の子もいるんです」

「それじゃ生計《たつき》が大変だろう」

「早くご亭主の病気が治ればよいのですけど。……はーい」

おいとは店の奥から呼ばれたので、返事をして立ち去った。

清兵衛は茶を飲みながら、すぐ先にある湊稲荷を眺めた。若葉を茂らせた大きな楓があり、境内から鶯の声が聞こえてきた。

清兵衛は稲荷橋の向こうで屋台店をはじめた男を見た。飴《あめ》細工売りだった。すぐに子供たちが集まってきて、飴細工売りの披露する飴作りを面白そうに眺めている。

ドロドロに溶かした飴を、葦《あし》の茎の先端につけ、一方から息を吹き込んでふくらまし、鳥や猫の形を作るのだ。鮮やかな手並みに子供たちは見とれて、きゃっきゃっと楽しげな笑い声をあげていた。

(あっちへ行ってみるか)

清兵衛は茶代を床几に置いて立ちあがると、稲荷橋をわたり、飴細工売りを横目に見て本八丁堀の通りを西へ向かった。まっすぐ行けば楓川《もみじがわ》に架かる弾正橋《だんじょうばし》だ。さらにその先に行けば、日本橋へと続く目抜き通りに出る。

陽気はいいし、風も爽《さわ》やかな季節である。少し遠出してみようかと思った。

「だから待ってくれとお願いしているんじゃありませんか」

そんな声と同時に、子供の泣き声が聞こえてきた。清兵衛が顔を向けると、えんえんと泣いている子供のそばにひとりの男が土下座をしていた。その前には、どこから見てもその辺の町人とは思えない柄《がら》の悪い三人の男が立っていた。

「待て待てって、いつまで待たせる気だ。こちとらガキの使いできたんじゃねえんだ。出すもん出さなきゃ、商売道具ごと持って行っちまうぜ。それともてめえの女房をひっ攫《さら》って金に換《か》えるかい。ええ、和助よ」

瘦せて頰のこけた男が、土下座している和助の顎《あご》を持ちあげて、ぴたぴたと頰を張った。戸口のそばに立っている子供は、泣きながら「おっかあ、おっかあ」と助けを求めるような声を漏らしていた。

「いつなら拵《こしら》えられる？　約束してもらおうじゃねえか」

和助はすぐに答えられずにうつむく。

「野郎ッ、黙ってんじゃねえ！」

瘦せ男がいきなり怒鳴って、和助の頭を強く引っぱたいた。さらに二回三回とたたき、泣きべそをかいている子供に「うるせえ！」と怒鳴った。

見過ごしておけなくなった清兵衛は、近づいて声をかけた。

「おいおい、詫びを入れている相手に乱暴はいかぬな。それにこの男はその子の親ではないか」

「なんだい、あんたは？」

「ただの通りすがりの者だ」

「だったら引っ込んでりゃいいだろう。おれたちとこの野郎の話し合いだ」

痩せ男は立ちあがって、清兵衛に剣呑《けんのん》な目を向ける。相手が侍でも遠慮ない物いいをする与太者だ。

「まわりの目もあるだろう。もっとおとなしく話し合ったらどうだ。怒鳴れば話がつくと思っているのか?」

「あんた、迷惑なんだよ。二本差しだからって偉そうなこというんじゃねえよ」

「おう、ただの通りすがりならどっか好きなとこへ行きゃいいだろう。邪魔なんだよ」

小太りが清兵衛の肩を突いた。

「まあ、そう意気がらずにわけを聞かせてくれまいか」

清兵衛はあくまでも冷静な物いいをする。

「あんたにゃ関係のねえことだ。他人《ひと》の話に首突っ込むんじゃねえよ」

小太りがまた肩を突こうとしたので、清兵衛はその手首をつかんで捻《ひね》った。

「イタタタッ……」

「先に乱暴したのはきさまだ。人を甘く見るんじゃない」

清兵衛は目をキッと厳しくして、小太りを突き放した。それを見た痩せ男が、

「くそ、邪魔をしやがって。和助、ちゃんと耳を揃えて金を用意しておくんだ。わかったな」

と、和助をにらみつけて、そのまま去って行った。

清兵衛は三人の与太者を見送ってから、

「和助というのだな。ちょいと話を聞かせてくれぬか」

と、言葉をかけた。

三

和助は居職の畳職人だった。二階建ての長屋に住んでおり、一階がその仕事場で二階が寝起きする部屋だった。脇店ではあるが、畳屋としては悪くない場所だ。

子供は研吉という五歳の男の子でやさしげな顔をしていた。

「すると、あの男たちの賭場で金を借りて返せなくなった。つまり、そういうことか」

「だらしないことで……」

和助は上がり框《がまち》に腰を下ろしたままうなだれる。そばに座っている研吉は心配げな顔で父親の和助と清兵衛を眺めていた。

「それでいくら借金を作っているのだ？　こんなことを聞いてわたしが金を都合するわけではないが、何とかしなければならぬだろう」

「それが十三両ばかりでして……」

大金である。

「それはすぐに用立てるのは無理であろう。それともおぬしには稼ぎの口があるのか？」

和助はか弱くかぶりを振り、情けない声を漏らす。

「このところ注文も少なくなっていまして、工面のしようがないんです」

「されど、あの男たちには返すと約束している。そうだな」

「そうでもいっておかないと、催促が厳しくなりますから……」

「だが借りたものは返すのが道理だ。すぐに返済できぬなら、少しずつ返すように話し合ってみたらどうだ」

「そうですね。たしかにおっしゃるとおりです。通りすがりのお侍様にご面倒をおかけして申し訳ないです。何とかしますから、どうかお引き取りください」

「ふむ。さっきの三人だが、あまり質《たち》がよくなさそうだ。可愛い子供もいるのだから、うまく話し合ってくれ」

清兵衛は下手に首を突っ込んでも仕方ないと思い、そのまま和助の長屋をあとにした。

賭場で借金を拵えるのは、和助にかぎったことでなく、よくある話だ。ひと儲けしたいという欲に駆られて博打にのめり込む者は少なくない。だが、その多くの者は儲けるどころか損をするのが常だ。それゆえに公儀も町奉行所も博打を御《ご》法度《はっと》にしている。

しかし、賭場を開く博徒らはその法の網の目をかいくぐって金集めをする。これでは質の悪い博徒と町奉行所の鼬《いたち》ごっこだった。

「日が延びましたわね」

自宅屋敷に戻ると、庭の洗濯物を取り込んできた安江《やすえ》が、清兵衛に声をかけた。

「たしかに延びてきた。これからまた日は延びて一日が長くなる」

清兵衛は暮れかけている空を眺める。鳶《とび》がその空でゆっくり舞っていた。

「今日は何にいたしましょう。余裕があれば鰹《かつお》でもといきたいところですが、生憎《あいにく》そんな余裕はありませんから……」

清兵衛は鰹のたたきが好物だ。奉行所時代は付け届けでもらったりしたが、いまはそんなおこぼれに与《あずか》ることはない。その日、町中で鰹を売っている魚屋を何度か見かけたが、それまでのことだった。

「鰹はもう食うだけ食ってきたからいいさ。わしは鯵《あじ》の開きがあれば十分だ」

「質素にして清貧が何よりです」

安江はあっさり認める。清兵衛はもう少し気の利いた魚を食べさせてくれるかと期待したのだが、拍子抜けであった。

さらに、安江は姉さん被りにしていた手拭いを解《ほど》いてから言葉をついだ。

「ちょいと鯵の開きを買いに行ってまいります」

清兵衛はさらにガクッときた。

(ほんとうに鯵の開きなのか……)

安江が買い物に出かけると、

「まあ、それでもかまわぬが……」

と、無理に自分を納得させた。

「鯵の干物を買ってきたわ。いいのがあったの」

おそのは帰宅するなり、仕事場で煙草を喫《の》んでいた和助に声をかけ、

「研吉、いい子にしていましたか。今夜は魚をたんと食べさせてあげるからね。といっても、鯵の開き一尾だけだけど」

おそのは明るくいって、ぺろっと舌を出し、早速台所に立った。

「話がある」

和助が声をかけてきた。

「話、どんな話です？　いい話なら聞きたいけど、いやな話なら聞きたくないわ」

「あんまりいい話じゃねえな」

おそのはゆっくり振り返った。和助が陰鬱な顔を向けてきた。

「なに……」

「じつは賭場で借金を作っちまってな」

「………」

おそのはまばたきもせずに和助を見る。

「今日、その賭場の連中が掛け取りに来たんだ。払う金はねえから待ってくれといって帰ってもらったが、また取りに来る」

「いくら借金してんの？」

おそのは能面顔で聞いた。

「十三両だ」

おそのはくらっと目眩《めまい》を覚えた。そのまま倒れそうになったが、どうにか持ちこたえた。

「じゅ、じゅ、十三両ですって……そんな金、逆立ちしたってないわよ」

「おれだってねえさ。返すあてもねえ。どうすりゃいいかなと考えていたんだ。話し合って少しずつ返すといっても、相手は話を呑んじゃくれねえと思うんだ。耳を揃えて返せと迫られているし……それで、夜逃げでもしようかと……」

「何ですって」

おそのはそういったきり、つぎの言葉を見つけられなかった。

「どっかよそへ行くしかねえと思うんだ。連中は金を返すことができなきゃ、借金の形《かた》におまえをもらって、金を稼がせるともいったんだ」

「わ、わ、わたしが借金の形に……か、か、金を稼がせる……」

それがどういうことなのか、説明されなくてもわかる。

「冗談じゃありませんよ。どうしてわたしが借金の形にならなきゃならないんです。研吉だっているんですよ。ほんとにあんたって人はどうしようもないわね。

いつの間に十三両なんて大金を……」

　もう開いた口が塞がらないという顔で、おそのは和助を見る。

「だから夜逃げしようじゃねえか」

「どこへ逃げるっていうんです。行くところがありますか？　身を寄せられる人がいますか？　あてもなくよそへ行っても、それに金もないのに、どうやって夜露をしのぐっていうのよ」

「だけど、ここにいりゃまた取り立てにあうんだ。相手は柄のよくない乱暴者だ。何をされるかわからねえ。おまえをそのまま連れて行ってしまうかもしれねェ」

　おそのは自分のこと和助のこと、そして研吉のことをめまぐるしく考えた。何をどうしたらよいか、最善の方法はないかと知恵を絞ろうと努めた。

「どうした。黙り込んで……」

「わかったわ。十三両、わたしが何とか工面します」

「なんだって……そんなことができるのか？」

　和助が驚き顔をした。

「できるかできないかわからないけど、明日になれば何とかなるかもしれない」

　おそのがそういったとき、戸口の向こうから声がかけられた。

「和助、邪魔をするぜ」

声と同時に腰高障子が開き、人相の悪い男たちがあらわれた。

四

和助がハッと息を呑み、目をまるくすれば、研吉も身を竦《すく》めて棒立ちになった。

「おう、女房がいるじゃねえか」

頬のこけた痩せ男が勝手に敷居をまたいで三和土《たたき》に立った。

「な、なんです？」

おそのは震えそうな声を漏らした。

「聞いてねえのか。おめえさんの亭主が、頭を下げて金を貸してくれというので貸してやったはいいが、返す気のなさそうな態度を取ってやがるから催促に来たのよ。昼間は妙な邪魔が入って話がつけられなかったので、再度のお出ましってわけだ。おう、和助」

男は和助に剣呑な目を向けた。

「おめえは都合つけるからしばらく待ってくれといったな。金は必ず返すともいった。そうだな。そりゃそうだろう、他人様から金を借りて返さねえという寸法はねえ」

「な、何とかするつもりなんですが……」

「つもりじゃだめなんだよ！　嘗めたことをいうんじゃねえ！　借りたものは返すのが道理だろう。子供だってわかってることじゃねえか」

　痩せ男は足を進めておそのに近づいた。頭のてっぺんから足許まで嘗めるように見て、和助に視線を向ける。

「いつ返せる。それを聞きに来たんだ。親分のご命令でな。返事をもらって来いともいわれてんだ。いつだ、いつ金を返す？」

「そ、それは……」

「なんだ」

「あの、いっぺんに返すのはきついんで、小分けにしてもらえませんか。それなら何とかなりますので……」

「小分け……。そうきたかい。だけどよ、小分けにすりゃ利足《りあし》がつくぜ」

「いかほどでしょうか」

　和助は蚊の鳴くような情けない声を漏らす。

「まあ十一《とい》がいいとこだ」

「ヘッ……」

和助は驚き顔で目をしばたたく。

「待ってください」

おそのが間に入った。

「なんだ」

「うちの亭主がそんな大金を借りたと知ったのはさっきですけれど、借りたものは返すのが道理だというのはわかっています。しかし、すぐにというわけにはいきません。ご足労ですが、もう一度出直していただくなり、こちらから伺うなりしますので、今日のところはお引き取り願えませんか」

「話のわかる女房だな。亭主よりよっぽど気の利いたことというじゃねえか。おれたちも何度も無駄足は踏みたかねえからな。それでいつなら色よい返事ができる」

おそのは忙《せわ》しく考えながら、目の前の痩せ男と戸口に立つ二人の男を見てから視線を泳がせた。いい考えはすぐには浮かばないが、時間稼ぎは必要だ。

「すみませんが二日、いえ三日ほどお待ちいただけませんか」

「三日か……。まあ、いいだろう。だが、これは約束だ。約束を破ったらどうなるかわからねえぜ。おかみさんよ、あんたいくつだい？　人の女房にしちゃなかなかいい女じゃねえか。いくつだ？」

痩せ男はいやらしい目を向けてくる。

「二、二十五です」

「まだ使える歳だな」

痩せ男はそういって、にたりと笑い、細い顎を片手で撫で、

「よし、三日待ってやるからありがたく思え」

と、捨て科白《ぜりふ》を吐いて家を出て行った。

三人の足音が遠ざかると、おそのは戸を閉めて心張棒をかい、はあー、とよろけるように上がり口の縁に両手をついた。

「おその、三日じゃどうにもならねえぜ。なぜあんなことをいったんだ？」

和助の声で、おそのはゆっくり顔をあげた。

「わからない。でも、ああでもいわなきゃ帰ってくれそうになかったじゃない。それはともかく、どうしたらいいのよ。あんだけ博打はやめてくれといったのに、挙げ句こんなことになっているじゃない」

「すまねえ。おれが悪かったというのはわかっている。ほんとにすまねえ」

和助は畏《かしこ》まって頭を下げるが、いまさら謝られても事態が好転するわけでもない。

「三日で十三両作るのよ」

おそのは決意に満ちたような顔で和助を見た。

「どうやって……」

「それを考えるのよ。今夜は寝ずに考えるわ」

何かよい方法があると、たしかな自信はないが、おそのはそう考えた。

「やっぱ夜逃げが手っ取り早いんじゃねえか。三日ありゃ、どうにかなるはずだ」

「見つかったらどうするの？　逃げると気づかれたら、脅しだけじゃすまなくなるんじゃないの。首を絞められて大川に沈められたらどうするのよ」

「そんな、まさか……」

「ぶすっと腹を刺されて一巻の終わりかもしれない」

「おい、おっかねえこというんじゃねえよ」

「冗談でいっているんじゃないわ」

「おいおい、やめてくれ。でもどうする、どうすりゃいいと思う」

まったく情けない亭主だとあきれてしまうが、いまここでそんなことをいっても問題は解決しない。

「あんた、親戚の家《うち》でお金を借りることはできない？　注文を受けた仕事の掛け取りが残っているところはない？　お金を貸してくれそうな人はいない？」

「ま、待ってくれよ。そんな親切な人はいねえよ」

「それでも頭を下げて頼んだら貸してくれる人が、ひとりか二人はいるんじゃないの？」

和助は考えながら首をかしげる。

「わたし、何とかするわ」

その確信もないのに、おそのは気休めの言葉を吐いた。

五

その日、清兵衛は昼はどこかで飯を食ってくるといって家を出た。安江は高いものでなければ、たまにはいいのではないかと快い返事をしてくれた。

「この頃あやつも物わかりがよくなった」

清兵衛は気をよくして通りを歩く。鉄砲洲《てっぽうず》の浜通りに出、大川の先に広がる海を眺め、それから稲荷橋そばの「やなぎ」に立ち寄った。

すぐに「いらっしゃいませ」といって、おいとがやって来た。

「桜木様、いやな胸騒ぎがするのです」

おいとは注文を聞く前にそんなことをいった。

「いやな胸騒ぎ。何かあったのかい？」

「この前わたし人助けをしたといいましたよね。その人、おそのさんが今朝早く、質の悪そうな男たちに連れて行かれたんです。ただ、ついて行ったのかもしれませんけど、男たちの人相が悪いんです。それにおそのさんは怯《おび》えているようでした」

おいとはいつもの愛嬌ある顔をこわばらせていう。

「それは気になるであろうが、はっきりしたことはわからぬのだろう」

「まあ、そうですけど、ほんとうにいやな胸騒ぎが収まらないのです。わたしの考え過ぎならよいのですけれど……」

「ふむ、まあ、ときどき胸騒ぎはするものだ。されど、たいしたことでないということが多い。気にしないことだ」

「そうでしょうか。わたしは気になって仕方ないのです。あ、お茶でよいのですか？」

「ああ、頼む」

　おいとはそのまま板場に去って行ったが、清兵衛は彼女の胸騒ぎを少し考えた。女の勘はときに、男の勘よりあたることがある。

「そのおそのさんの勤め先は通町《とおりちょう》にあるんです。でも、今朝はまるで反対の霊岸《れいがん》島《じま》のほうに行ったんですよ。悪そうな男たちといっしょに」

　茶を運んできたおいとは、さっきのつづきを話した。

「おそのの勤め先は何というのだね？」

「南伝馬町《みなみでんまちょう》にある『三浦屋』という小間物問屋です。あの店には今朝の男たちのような柄の悪い人はいません。何か悪いことにでも巻き込まれていなければいいんですけど……」

　おいとは心配でならないという顔つきである。たしかに、おそのという女のことを考えればおかしなことだ。

「おそのは病気持ちの亭主を抱えているのだったな」

「そうです。だから余計心配なんです」

「おそのの住まいは知っているかね？」

「本八丁堀二丁目の角兵衛《かくべえ》店《だな》です。ご亭主は畳職人らしいのですけれど……」

「なに」

清兵衛は湯呑みを口許で止めて考えた。三日ほど前、与太者に脅されていた和助という男がいた。その男は畳職人だった。そして、店があるのも本八丁堀二丁目だった。

「おそのには倅《せがれ》がいるといっていたが、いくつか聞いているかね？」

「五つになる子で研吉という名でした。聞き間違いでなければ、そうだったはずです」

清兵衛はぴくりと片眉を動かした。

まさか、あの和助の女房がおそのなら、これは少し問題である。それに和助は賭場で借金を拵えて、与太者に脅されていた。

「おそのの亭主の名を知っているか？」

おいとはそれは聞いていないと首をかしげた。

清兵衛は茶を飲んで「やなぎ」をあとにすると、その足で和助の家を訪ねた。戸は開いていたが、和助の姿はなかった。

声をかけて店のなかをのぞくと、部屋の隅で研吉がめそめそした顔を向けてきた。いままで泣いていたらしく、頬に涙の痕《あと》があった。

「研吉、おじさんを覚えているかい？」

声をかけると、研吉は小さくうなずいた。

「おとっつぁんはどこへ行った？」

「仕事に行くって出て行った。そのあとで……」

言葉を切った研吉は、また泣きそうになった。どうやら泣き虫のようだ。

「そのあとでどうした？」

「おじさんが来て、連れて行かれた」

研吉はそう答えるなり「わーっ」と声をあげて泣き、「おっかあ、おっかあ」と嗚咽《おえつ》まじりの声を漏らす。

清兵衛はそばに行って研吉の肩をやさしく撫で、

「おっかさんが、おじさんに連れて行かれたのか？　相手は何人だ？」

と聞くと、研吉は指を三本立てた。

清兵衛は目を厳しくした。例の三人組だなとぴんと来た。

「どこへ連れて行かれたかわかるか？　場所を聞いていないか？」

研吉はわからないと、かぶりを振る。

清兵衛は戸口の外を見た。脇路地なので、人の通りは少ない。

「おっかさんが連れて行かれたとき、おとっつぁんはいなかったのだな?」

「もう出かけていた。そして、おっかさんが出かけようとしたときに、三人の大人がやって来て……」

研吉はそのまま大粒の涙をぽろぽろこぼす。

「これは困ったな」

清兵衛は唇を嚙んで考えた。おそのを捜す手立てがない。和助がいれば、先日の三人組がどこの何者かわかるはずだが、その和助は朝早く出かけたままのようだ。

「研吉、おとっつぁんの行き先がどこかわからぬか?」

やはり研吉は、わからないと首を振る。

「よし、ここで待っているんだ。おじさんはすぐに戻ってくる」

清兵衛は近所の家々を訪ね、おそのを連れて行った男たちのことを知っている者がいないか、和助の行き先に心あたりはないかを聞いてまわったが、手掛かりになる話は聞けなかった。

あきらめて研吉の元に戻ってすぐだった。和助が帰ってきたのだ。

六

「どこへ行っておった？」

清兵衛は和助の顔を見るなり、怒ったような声で問うた。

「どこって、金の工面に行っていたんです。どうかなさったので……」

清兵衛は和助が出かけたあとで、三人の与太者が来ておそのを連れ去ったことを話した。

「三人というのは賭場の連中で……」

「おそらくそうだ。それより、その賭場はどこにある？」

「稲荷堀《とうかんぼり》にあります永井《ながい》様とおっしゃる旗本屋敷です」

「なに」

清兵衛は眉宇《びう》をひそめた。おそのは霊岸島のほうへ連れ去られている。稲荷堀とは方角が違う。それに旗本屋敷にはめったに出入りできない。

「まさか賭場を仕切る胴元もその旗本だというのではなかろうな」

「いえ、仕切っているのは『針金の文蔵《ぶんぞう》』さんという博徒の親分です」

博打は御法度である。しかし、博徒は町奉行所の手の及ばない旗本屋敷や寺社を賭場に使うことがある。文蔵という博徒は永井某《なにがし》という旗本に付け届けか、幾ばくかのショバ代を払って賭場を開いているのだろう。

「『針金の文蔵』の家を知っているか?」

和助は首を横に振った。

清兵衛は記憶の糸をまさぐったが、『針金の文蔵』という博徒に覚えはない。博徒は縄張りを替えることもあるし、同じ博徒同士の抗争に負けて立ち去ることもある。清兵衛が町奉行所にいたときにあった博徒一家も代替わりして消えた者もいる。

「文蔵の家が霊岸島にあるという話は聞いていないか?」

和助は聞いていないという。

相手の家がわからなければすぐに乗り込むことはできない。

「とにかくおそのを助けなければならぬ。おそらく借金の形として連れて行かれたのだろう。それでおぬしはどこへ行っていたのだ?」

「金の工面です。女房が十三両を一度に返済するのはとても無理だ。せめて五両か六両を都合し、それから先は話し合いで小分けにしてもらおうといいますから

「……」

「それで金の工面はできたのか？」

「どうにか二両……」

和助は心細い顔でつぶやく。清兵衛も心細くなった。立て替えてやろうと思うが、そんな金はいまの清兵衛にはない。

「よし、和助、ついてまいれ」

清兵衛はすっくと立ちあがった。

「どこへ行くのです？」

「おぬしの女房を助けに行くのだ。黙ってついてこい」

「へ、へえ、へい」

返事をした和助は、心許ない顔をしている研吉に、すぐに帰ってくるから待っていなといって、清兵衛のあとを追いかけてきた。

清兵衛は本八丁堀の通りを急ぎ足で歩き、亀島川《かめじまがわ》に架かる高橋《たかばし》をわたって霊岸島に入った。かつて世話をした書役《かきやく》のいる自身番がある。まずはそこへ行って針金の文蔵のことを聞くつもりだ。

「それにしても和助、とんでもないことになったたな。博打で負けて借金を作り、挙げ句に大事な女房を博徒に取られたとなったら、踏んだり蹴ったりどころの騒ぎではないぞ」

「へえ、重々わかっております」

「もう博打はやめることだ」

「へえ、もう懲《こ》り懲《ご》りですから……。でも桜木様、女房を助けることができるでしょうか？」

「助けなければならぬだろう。可愛い倅もいるのだ。苦界に沈められるようなことになったらいかがする」

「苦界にって……うちの女房が女郎になると……」

「質の悪い博徒なら、そんなことは朝飯前だ。おそのが二十過ぎの年増でも、ほしがる女郎屋はいくらでもある」

「それは困ります」

「困るのはおぬしだけではない。当人のおそのもそうだが、まだ幼い研吉を悲しませ、苦労をかけさせることになる。そうではないか」

「へ、へえ、おっしゃるとおりで……」

清兵衛は下り酒の集散地になっている新川河岸《しんかわがし》の通りを急ぎ足で歩き、二ノ橋をわたって塩町《しおちょう》に入った。めざす自身番はそこにあった。

和助を表で待たせて自身番に入ると、弥右衛門《やえもん》という書役が文机《ふづくえ》から顔をあげるなり、

「これは桜木様、しばらくでございます」

と、相好《そうごう》を崩した。

「うむ、他でもない用があってきたのだが、この近くに『針金の文蔵』という博徒がいるらしいが知らぬか？」

弥右衛門は心あたりがない顔をしたが、店番《たなばん》が知っていますといった。清兵衛はその店番を見た。

「ここ半年ほど前に霊岸島に移ってきて一家を構えた博徒です。あまり悪い噂を聞かないので、文蔵という親分は物わかりがいいのではないでしょうか」

「その家はどこにある？」

「一ノ橋に近い霊岸島町です」

「案内してくれ。あ、わたしのことはこれだ」

清兵衛は口の前に指を立てて店番に案内させた。和助が落ち着きのない顔でついてくる。

文蔵の家はすぐにわかった。清兵衛は店番を帰し、表に和助を待たせて戸口に立った。

「頼もう」

戸をたたいて声をかけると、すぐに三下と思われる男が戸を開けた。

「どちらさまで？」

「桜木清兵衛と申す。文蔵という親分に話があるので取り次いでくれ」

三下は清兵衛を訝めるように見てから、

「あいにく取り込み中なんで出直してもらえないか」

と、生意気な口を利く。

「急ぎの用があるのだ。取り次げ！」

一喝するようにいうと、三下は気圧《けお》されたらしく、「なんでえ」と不平顔をして奥に消えた。ほどなくして戻ってきて、

「桜木さんとおっしゃるようですが、どこの何様でございますか？」

と、今度は下手に出た。

「どこの何様でもない。鉄砲洲の桜木といえば、少しは名のある者だ。早くしろ」

「けッ、偉そうことをいいやがって……」

三下はぼやきながら戻っていったが、またすぐに戻ってきた。

「親分が手短に頼むといっている。あがって、その部屋で待ってくれ」

清兵衛は廊下にあがり、すぐ脇にある座敷に入った。いまは権力も何もない隠居である。奉行所という頼もしい後ろ盾もないから、いつになく緊張し、臍下《せいか》に力を入れ顔を引き締めた。

しばらくして一方の襖《ふすま》がゆっくり開き、蝦蟇《がまがえる》のようにゴツゴツした黒い顔の男があらわれた。

七

「針金の文蔵というのはそのほうか？」

清兵衛は嘗められないように高飛車に出た。ゆっくり腰を下ろした文蔵が、にらむように見てくる。

「さようですが、いったいどんなご用で？」

「おぬしの子分に間違いないと思うが、畳職人の和助の女房をここに連れて来ておらぬか。おそのという名の女房だ」

「そんなことをどうしてお訊ねになるんです？」

「和助と縁ある者だからだ。か弱い他人の女房を連れ込んでいるなら返してもらいたい」

文蔵はふうと、嘆息してから煙草盆を引き寄せ、帯に差していた煙草入れを出し、煙管《きせる》にゆっくり刻みを詰め、それから火をつけて吹かした。

紫煙が清兵衛の顔にまとわりついた。

「和助はあっしに借金があるんです」

「聞いておる」

「ならば話は早い。借金は借りた者へ返すのが世の道理。だが、返すことができなきゃ形を取るのも世の道理。金を貸してそのまま取り立てないという法はない。そうでしょ」

「借りたのは十三両だと聞いている」

「その金を返してくれないんですよ。桜木さんとおっしゃいましたが、あなたがあっしならどうなさいます？」

「和助と女房のおそのは返すといっているはずだ。返すための算段もしている」

「算段はしているようですが、金の都合はつかない。それも約束の期日も守っていない」

「返させる。わしが請人になる」

「こりゃまた頼もしいことをおっしゃる。それじゃいつ返してもらえます」

「それについては和助とおそのとよくよく話をする。そのほうの分が悪くならないようにいたす。おそのがいるなら会わせてくれぬか」

文蔵はすぱっと煙管を吸いつけると、雁首を灰吹きに打ちつけた。

「町屋の、それも畳屋の女房だと甘く見ていたが、おそのはなかなかしぶとい女でしてね」

「乱暴をはたらいておらぬだろうな」

「とんでもねえ。腕ずくで懲らしめるのは造作ないことですが、おそのは口が達者なんです。あきれるほどだ」

どういうことだろうかと、清兵衛は眉宇をひそめた。

「まあ、せっかく足を運んでくださったので話しますが、おそのはまず五両を都合して払う、そのあとは小分けにしてくれと談判しやがる。できる話じゃねえと申しますれば、こっちは払うといっているのに、できる話ではないというなら、どうすればいいと言葉を返して来やがる。だから耳を揃えて貸した金を返せ、それが筋だろうといってんですが、のらりくらりと話を混ぜっ返す。まったく弁の立つ女で、あきれるやら感心するやら……」

文蔵は「へっへ」と、苦笑を漏らす。

「おそのはどこにいるのだ？」

「奥の座敷ですよ。こんなところに押し込まれたせいで、勤めに出られない。無断で休んでいることになるから、暇を出されたら稼ぎがなくなる。もし、そうなったら責任を取ってもらわなきゃならないと騒ぐ。まったく困った女で……」

そのとき奥の部屋から、男たちの嘲《あざけ》るような笑い声が聞こえてきた。

清兵衛が眉宇をひそめてそちらを見やると、

「まったく口達者な女ですよ」

と、文蔵はあきれ顔で首を振る。

「とにかく会わせてくれぬか」

清兵衛は少し下手に出た。おそのの無事をたしかめるのが何より先だ。

「いいでしょう」

文蔵はそういって、ぶ厚い手を打ち鳴らした。

すぐに襖が開き、若い子分が顔を出した。

「おそのをここに連れてこい。話のつづきをやる」

子分はさっと襖を閉めた。その足音が遠ざかり、今度は廊下に新たな足音がして別の子分が姿をあらわした。

「あっ……」

清兵衛の顔を見るなり驚きの声を漏らしたのは、一度清兵衛に嚙みついてきた瘦せ男だった。その背後から二人に両腕を取られたおそのがやって来た。

「あら」

おそのが清兵衛を見て目をまるくする。

彼女の腕をつかんでいた二人の男は、ヒクッと額を動かして清兵衛をにらんだ。この二人にも会っている。和助をいたぶっていた男たちだ。

「親分、この侍はおれたちの邪魔をした通りすがりですぜ」

瘦せ男がいったが、文蔵はこだわらずに、

「そこで待て。おその、こっちへ来い」

そう命じると、おそのがそばにやって来て座り、目をきょときょとさせる。

「和助の知り合いの桜木と申す。そなたを返してもらうために来たのだ」

「うちの亭主のお知り合い……」

おそのは目をぱちくりさせた。

「おその、そういうことだ。だが、あっさり返すわけにはいかねえぜ」

文蔵が釘を刺す。

清兵衛はすかさず口を挟む。

「和助が借りた金は返すのが筋だというのはわかる。当然のことだ。だが、耳を揃えて返すには、和助夫婦にはきついことだ。その辺のことを少し考えてくれぬか」

「ほら、親分。桜木様もそうおっしゃるではありませんか。それにうちの亭主は耳を揃えて貸してもらったのではないでしょう。何度か、そうだ最初は三両、日を替えてつぎが四両、また日がたってから六両だったはずです。だから最初に五両お返ししますから、あとの分は小分けにして返す。それで話を呑んでくれませんか。何度も同じことをいっているでしょう」

おそのの口ぶりに清兵衛は少しあきれながらも感心した。怯えているかと思いきや、掛け合っているのだ。しかも道理も通ってはいるし、女だてらに度胸が据わっている。

「金を返すという約束は昨日が日限りだった。だが、昨日はなしのつぶてだった。

約束を守らねえから、こんな面倒なことになるんだ。何度いわせりゃ気がすむんだ」

「たしかに昨日は悪うございました。だけど、わたしたちも必死に金の工面をするために走りまわっていたんです。その辺のことは少しは勘弁してくれませんか。たった一日違いではありませんか」

「このぉ……」

文蔵の黒い顔が少し赤くなった。

「亭主がいま金の工面に行っているんです。今日のうちに五両はお返しにあがりますから、話を呑んでくださいませんか」

おそのは駆け引きがうまい。

「文蔵、そういっているのだ。今日の日暮れまで待ってくれてもよいではないか。そなたは霊岸島の大親分であろう。懐の深い器量持ちなら、それぐらいの男ぶりは見せてくれ」

こういう言葉に博徒や、やくざが心をくすぐられるのを清兵衛は知っている。しぶとい罪人も同じで、自尊心をくすぐることをいってやると、油断を見せるのだ。

案の定、文蔵は迷ったように視線を動かした。

「よし、わかった。今日の日暮れまで待ってやる」

八

清兵衛はおそのと揃って表に出た。待っていた和助がすぐさま近づいてきたそのとき、おそのが腰が砕けたようにしゃがみ込んだ。

「おその、どうした、大丈夫か？」

和助は慌てておそのの背中に手をまわしてかがみ込んだ。おそのはゆっくり顔をあげ、

「あ、あんた、怖くって怖くって仕方なかったのよ」

さっきの毅然《きぜん》とした態度とは裏腹に、おそのはか弱い女に戻っていた。瘧《おこり》にかかったように体を震わせてもいる。

清兵衛には必死に気を張っていたのだとわかったが、それでもおそのはその辺の町屋の女だ。よくぞ、あれだけ気丈な態度が取れたものだと感心するしかない。

「おその、立てるか？」

清兵衛が手を差し伸べると、その手にすがるようにして立ちあがり、

「桜木様がいらして、心強くなりました」

と、清兵衛に頭を下げた。

「それでどうなったんだ？」

和助は気が気でない顔で聞く。

「とにかく家に戻って話そう。人通りのあるところでは相談もできぬだろう」

清兵衛は通りを眺めて諭した。

「ええ、そうですね。あんた、お金は工面できたの？」

おそのは和助に顔を向けた。

「二両は拵えた」

「はっ？　たった二両……」

おそのは目をまるくしてあきれ顔をした。

「とにかくこれから先のことを話し合おうではないか。わたしも力になるつもりだ。さ、まいろう」

清兵衛は二人を促して歩き出した。

和助の家に戻ると、留守番をしていた研吉が、無事に帰ってきたおそのを見て、

「おっかあ！」

と、大きな声を張っておそのに抱きついた。

心細くも母親を心配していた研吉を、おそのはしばらく宥《なだ》めた。研吉が落ち着くと、おそのもようやく気持ちを取り戻したらしく、こまめに動いて清兵衛に茶を淹《い》れてくれた。

「それにしてもおその、そなたは病で床に臥せっている亭主を持っていると、『やなぎ』のおいとに話したのではないか？」

清兵衛は茶に口をつけてからおそのを見た。

「床に臥せっているというのは嘘でした」

おそのはひょいと首を竦めて言葉をつぐ。

「でも、この人が病気にかかっていたのはたしかです」

「おいおい、おれは病気になんかなっていないぜ」

和助が言葉を返す。

「病気だったじゃない。賭け事にはまっていたでしょう。あれは悪い病気です。まったくそんなことにも気づかず、おまけに大きな借金まで拵えたんだから。少しはわかっているの」

「ま、そういうことなら……」

和助はしおたれてうつむく。

「そんなことより残りの金をどうにかしなければならぬのではないか。文蔵には日の暮れまでに五両を返すと約束しているのだ。今度その約束を破ったら、どうなるかわからぬのではないか」

清兵衛がいうと、おそのは現実に立ち返った顔になった。

「そうよ。あんた二両拵えたんだね。それはどこにあるの？」

「ここにあるよ」

和助は帯にたくし込んでいた財布から、小粒（一分金＝一両の四分の一）を取り出した。全部で八枚。

「あと三両いるのよ」

おそのは小粒を眺めたあとで、和助を見た。

「五両でいいいって相手はいってくれたのかい？」

おそのは首を振る。

「とりあえず今日のうちに五両を返して、あとは小分けに返すことにしたの」

「そうか、そりゃよかった。桜木様が話をしてくださったのか」

和助が顔を向けてきたので、清兵衛は首を横に振って話した。

「おそのが自分で掛け合ったのだ。きちんと筋道を立てて文蔵を納得させた。そばにいたわたしはまったく恐れ入った。並の男でもできぬことだ」

「おまえが、話をつけたってぇのかい……」

和助は驚き顔をする。

「わたしは生きた心地じゃなかったのよ。匕首《あいくち》の刃でぴたぴたと頬をたたかれ、地獄宿に売るのは朝飯前のことだ、そうしてほしかったらそうしてやると、蛇のような冷たい目で見られ、それとも親分の家で下ばたらきと妾《めかけ》仕事をするかともいわれたのよ。ときどき怒鳴って凄まれ……はあ、思い出しても……」

おそのは言葉を切って身震いをした。

「何もかも和助、亭主のおまえが作った災いだ。二度と女房を怖い目にあわせないためにも金は返さなければならぬ」

そういう清兵衛だが、とりあえず今日の返済分の残り三両を立て替えてやろうと、頭の隅で考えた。三両だったら何とかなる。

しかし、ここで他人に甘えさせると、のちのち和助のためにならぬだろうと考え、出かかった言葉を喉元で抑えた。

「あんた、残り三両都合できるかい？　都合しなきゃならないんだよ」

おそのは真剣な顔で和助を見つめる。

和助はうなだれて、指先で「の」の字を書きながら、

「朝から必死に頼んでまわって二両拵えるのが精いっぱいだった。これ以上どこに頼めばいいいか……」

と、ぼそぼそした声でいって首を横に振る。

おそのはため息をついた。

清兵衛は窮している夫婦を黙って眺める。

表をパタパタと草履の音をさせながら、楽しそうな喚声をあげて駆けていった子供たちがいた。立ち話をしているらしいおかみ連中の、能天気な笑い声も聞こえてきた。

陰鬱な空気があるのは、三人のいる長屋のこの家だけだ。ちゅんちゅん鳴いている雀の声さえ楽しそうに聞こえる。

「わたし、頼んでみる」

おそのが突然顔をあげていった。

「誰に頼むってんだ。そんな人がいるのか？」

和助はまばたきをしながらおそのを見る。

「いまの勤め先の旦那よ。三浦屋さんは大きな小間物問屋。三両の前借りならお願いできるかもしれない」

「だけど、おめえは勤めはじめて幾日もたっていねえじゃねえか。それに今日は断りもなく休んでいるんじゃねえか」

「そうね、そうだわね」

おそのはがっくりうなだれる。

「いや、正直なことを話して頼んでみる価値はあるのではないか。三浦屋が物わかりがよければの話ではあるが。ただし、嘘や誤魔化しはならぬ。あくまでも真っ正直なことを話し、どれほど困っているかをわかってもらうことだ」

おそのがさっと顔をあげた。

きらきらと目を輝かせて、そうしてみますと答えた。

清兵衛は短く考えてから口を開いた。

「ならば、亭主共々行って正直なことを打ちあけて相談することだ」

九

清兵衛は和助とおそのが三浦屋に入っていくのを見届けると、その足で自宅屋敷に急いだ。もし、三浦屋が金を貸してくれなかった場合は自分が都合するしかない。三両程度のへそくりはある。

家に帰ると、庭で洗濯物を取り込んでいた安江が声をかけてきた。

「あら、いまお帰りですか。何かおいしいものでもいただいてきましたか？」

そう聞かれて、腹が減っている自分に気づく清兵衛だが、ゆっくりはしていられない。

「ああ食った。京橋の『やぶ久』だ」

「あら、それだったらわたしもごいっしょすればよかったわ」

安江は作業をしながら声を返してくる。清兵衛は寝間に入って簞笥《たんす》を漁《あさ》ってへそくりを探す。あったあったと、胸のうちでつぶやいて、三両を袖に落とし込んで、

「安江、途中で知り合いに会ったのだ。久しぶりなので付き合ってくる」

と、声を返した。

「あら、またお出かけ」

「遅くはならぬが、飯は作らずともよい」

「それは助かります。それじゃ楽しんできてくださいませ。で、どなたなのかしら？」

安江は縁側に取り込んだ洗濯物を置いて清兵衛を見てきた。

「田中《たなか》という昔の同心だ。いまは隠居をしておってな」

思いつきだった。

「それならあなた様と同じですね。きっと馬が合うのでしょう。行ってらっしゃいませ」

疑いもせずに安江がいうから、清兵衛の胸はちくりと痛んだ。

そのまま家を飛び出すと、急いで和助の家に戻った。家には研吉がいるだけだった。

「おとっつぁんもおっかさんもまだ戻ってこないか」

研吉はまだだと淋しそうな顔でいう。

しかし、和助とおそのはしばらくして帰ってきた。

「いかがであった？」

清兵衛は二人の顔を見て問うた。

「説教をされましたが、旦那さんはわかってくださいました」

「では都合できたのだな」

「はい、どうにか」

　和助が恐縮の体《てい》で答えた。

「よし、ならばその金はわたしが持って行こう。懸念には及ばぬ。ちゃんと話をつけてくる」

「でも……」

　おそのが戸惑った顔をする。

「五両は返すが残り八両あるのだ。今度はどんな脅しが待っているかわからぬぞ。相手は金さえ返してもらえれば、代人であっても文句はないはずだ」

「そうしていただけるなら、頼まれてくださいますか」

　和助が遠慮がちな顔でいう。清兵衛はその顔を見ながら、うまくことが運んだらこの男には灸を据えなければならぬと頭の隅で考える。

「よし、しっかり話をしてこよう。金を包んでくれ」

　おそのが五両の金を半紙で丁寧に包むと、清兵衛はそれを受け取って文蔵の家に足を運んだ。

「和助の借金を返しに来た」

応対に出てきた三下に告げると、すぐに文蔵の待つ座敷に通された。その座敷には不敵な面構えの子分が三人いたが、

「折り入っての話もある。親分、二人だけにしてもらえぬか」

清兵衛が頼むと、文蔵は黙って顎をしゃくった。三人の子分は清兵衛をひとにらみしてその座敷から消えた。

「まずは和助の代人として、約束の五両を返しておく」

清兵衛は金包みを差し出した。文蔵は膝許に引き寄せ、中身をたしかめてから清兵衛に顔を戻した。

「たしかに今日の分はもらった。だが、あと八両残っている。それはいつ返してくれるんだい、代人さん」

文蔵は口の端をねじあげ、清兵衛をにらんだ。

「そのことだ」

清兵衛は少しの間を置いて言葉をついだ。

「それで和助の借金は帳消しにしてもらう」

「何だとォ」

途端に文蔵の蝦蟇面が険悪になった。だが、清兵衛は落ち着いて言葉をつぐ。

「和助はたしかに金を借りた。当人もそういっている。さりながらそれは木札《コマ》を借りただけである。そうだな」

文蔵は太い両眉をぐいぐいと動かした。

「和助は金を借りたのではなく、つまりはコマを借りただけだ」

「コマは金の代わりだ。だから金と同じだ」

「道理ではたしかにそうだ。されど、博打は御法度だ。そのこと知らぬわけではなかろう」

「それがどうしたってんだい。まさか御番所にたれ込むって寸法じゃねえだろうな。やるならやってみやがれ、場を押さえなきゃどうにもならねえことぐらい百も承知さ」

ぐへへへ、と文蔵は余裕の笑みを浮かべる。

「そりゃどうかな。文蔵、『風烈の桜木』という男の名を聞いたことはねえか。北御番所にいた与力だ」

「それがどうかしたかい。それにおれは知らねえ名だ」

「その桜木は、おれがことよ」

清兵衛は口調を変えた。文蔵の顔から潮が引くように笑みが消えた。

「嘘だと思うなら調べりゃわかることだ。御奉行《おぶぎよう》の榊原主計頭《さかきばらかずえのかみ》様もおれがことはよくご存じだ。おれは隠居の身ではあるが、その気になりゃ八丁堀同心三百人を動かすことができる。かてて加えておれの倅は、北町の当番方与力だ。その気になりゃこの一家を潰すことなどわけもねえ」

「ほ、ほんとのことかい……」

文蔵はまばたきもせず目を見開く。

「嘘をいっているんじゃねえ。おれがその気になりゃ、おめえさんは二度と賭場を開けなくなる。それで稼ぎもなくなるってことだ。文蔵親分よ、おれが何をいてェかわかるか」

清兵衛は昔に戻ったように双眸《そうぼう》を光らせる。

「たかが八両ごときでおめえの身代はなくなる。子分も抱えられなくなる。文蔵一家はそれで一巻の終わりだ。だがな、借金を作った和助にも落ち度はある。だから、おれはやつに五両を都合させた。そして、おめえさんはそれを受け取った。残り八両を水に流してくれりゃ、此度《こたび》の一件はかまえて他言せぬ。そうすれば、おめえはこれまでどおり無事に稼ぎをつづけられる。どっちが得か考えろ」

「ほんとかい」

文蔵はまた同じことをつぶやいた。

「この近所におれのことをよく知っている番屋がある。塩町の自身番だ。誰か使いを走らせ聞いてこさせりゃわかる」

文蔵はしばらく考えてから手を打ち鳴らした。すぐに三下が座敷を訪ねてきた。

「塩町の番屋に行って桜木清兵衛という侍を知っているかどうか聞いてこい。すぐにだ。急げ！」

怒鳴り声で命じられた三下はすっ飛んで行った。

清兵衛はその三下が戻ってくるまで、茶を所望し、運ばれてきた茶をゆっくく飲んだ。文蔵は落ち着きなく煙管をくゆらせる。

使いに出された三下は間もなく戻ってきて、文蔵に耳打ちした。文蔵の顔がますますこわばり、清兵衛を畏敬の目で見るようになった。三下が下がると、

「桜木様、わかりました。話は呑みます。だけど、御番所にたれ込んだりしたら、黙っちゃいませんよ」

と、凄みを利かせて清兵衛をにらんだ。

「男の約束。武士は一度口にしたことは守るのが流儀。裏切りはせぬ。そうだ……」

「なんです？」

「さっきの五両だが、おれがもらっておこう。すると、おれは袖の下をもらったことになる。そんなことが御番所に知れたら、おれの身も安からぬことになる。どうだい」

清兵衛はふっと口の端に笑みを浮かべる。文蔵は憤懣《ふんまん》やるかたないといった顔つきになり、大きく嘆息した。

「ようござんしょ。持って行ってくだせえ」

さっきの五両が押し返された。清兵衛はしっかりつかみ取って懐に押し込んだ。

十

「どうなりました？」

和助の家に戻るなり、和助がいかにも落ち着かないという顔を向けてきた。

清兵衛は居間にあがり込んで、和助とおそのの前にゆっくり腰を下ろした。

「話はついた」

「どうついたのです？　残りは小分けで払うと親分は納得してくれたのですか？」

おそのが膝を詰めて問う。

清兵衛はおそのと和助が都合した金を膝前に置いて、そっくりそのまま返した。

「ど、どういうことです。受け取ってもらえなかったんですか？」

和助は金と清兵衛に視線を往復させた。

「いや、もう金はいらないそうだ。貧乏人から金をせびり取ったりしたら、親分としての矜持《きょうじ》が許さないのだろう。とにかくさようなことだ。心配はいらぬ」

「へっ、なんでまたそんなことに……」

和助とおそのは狐につままれたような顔を見合わせる。

「だが、和助」

清兵衛は顔を厳しくして和助をにらんだ。

「此度の騒ぎで、おまえも懲りたはずだ」

「へえ、そりゃもう」

「二度と博打に手を出してはならぬ。女房子供を泣かせることになるのだ」

「わかっております」

「これからは性根を入れ替え、真面目に仕事に精を出すことだ。それができないというなら、文蔵の家で下ばたらきをすることになる。さような話もしてきたのだ」

嘘だが、これくらいは脅かしておくべきだと清兵衛は思った。

「ひゃあー、それはご勘弁を」

「あんた、桜木様のおっしゃるとおりだよ。あんたは腕のいい職人なんだからその気になりゃ、いくらでも稼げるじゃない。それを通りすがりの桜木様にお助けいただき、借金まで帳消しにしていただいたのだよ」

おそのは恐縮の体で頭を下げる。

「わかっている、わかっている。ほんとうに桜木様、お世話になりました。おかげで助かりました。なんと礼をいっていいのかわかりませんが、金輪際博打には手を出さず、一所懸命仕事に励むと約束いたします」

「その約束はおそのにすることだ」

「は、はい、そうですね。おその、そういうことだ。勘弁してくれ。頼む」

和助は涙ながらにおそのに頭を下げた。

「それにしてもおその、そなたはなかなかの女だ。文蔵の家でのやり取り、まことに天晴《あっぱ》れであった。そばにいたわしはすっかり感心いたした。和助、おまえはいい女房に恵まれたな。こんな女房は捜してもなかなか見つからぬ。それをよくわかって幸せにすることだ。可愛い研吉もいることだ。しっかり仕事に励め」

清兵衛はもっときつい灸を据えてやろうと思っていたが、米搗《つ》き飛蝗《ばった》のように頭を下げる和助を見ると、それ以上のことがいえなくなった。

「さて、わしはそろそろ去《い》のう。表も暗くなってきたことだしな」

清兵衛が腰をあげると、和助とおそのが慌てて表までついてきて、再度あらたまって礼をいった。

「もうさような礼はいらぬ。さてさて帰るとしよう」

清兵衛はそのまま二人に背を向けて歩き出した。しばらく行ったところで「グウ」と大きな音がした。清兵衛の腹の虫だった。

これはいかぬ。どこかで飯を食って帰らなければならぬ。家に帰っても夕餉の支度はしてないはずだ。そうだ、安江の頭に角が生えないように、何か甘いものでも買って帰ってやろう。

胸中でつぶやく清兵衛は夕暮れの町屋を歩きながら、どこか適当な店はないかと周囲に目を配った。

どこかで鶯の声がしていた。

第二章　復讐

一

山田《やまだ》金三郎《きんざぶろう》は会津の生まれで、郷士の倅だった。藩への仕官ができないので、江戸へ出てきて剣術の腕を磨いている。

通っている道場は下谷《したや》練塀小路《ねりべいこうじ》にある中西《なかにし》派一刀流道場だ。同道場は名だたる剣客を輩出している。高柳又四郎《たかやなぎまたしろう》、白井亨《しらいとおる》、そして北辰《ほくしん》一刀流の開祖となった千《ち》葉周作《ばしゅうさく》など。

破風《はふ》造りの玄関を入ると、奥行き十二間の道場がある。間口は六間で、江戸随一の道場の声が高かった。

その道場の門をたたいたのはいまは亡き兄・半四郎《はんしろう》に励まされたからだった。

「金三郎、おぬしは丈夫な体を持っている。面構えもなかなかのものだ。辛抱強く、そして性根がまっすぐだ。仕官はままならぬだろうから、剣の腕を磨いて一旗揚げるのだ。男として生まれたからには、何か大きなことをしなければならぬ」

「剣の腕を磨けとおっしゃいますが、どこでどうしたらよいでしょう？」

「会津の田舎にいても強くはならぬ。江戸だ、江戸に出て修行に励むのだ」

半四郎はそういって、遠くに見える会津磐梯山《ばんだいさん》を見た。それからゆっくりした口調でつけ加えた。

「あの山のように大きな男になれ。下谷に中西派一刀流道場がある。江戸随一の道場だ。おれは小さな道場に通っていたが、修行をするならあそこしかあるまい」

「中西派一刀流道場ですね」

「うむ」

そんな会話を交わしたのは十二年ほど前のことだった。金三郎が十三のときだ。

ところがその二年後、兄・半四郎は人殺しの罪で獄門になった。

なぜ、半四郎が人を殺したのか、金三郎は詳しい事情を知らなかった。

だが父親は、半四郎のことは忘れろ、あいつはいなかったと思えと諭《さと》した。

「それにおまえは半四郎とは腹違いの兄弟。出世をしたければ、半四郎のことを口にしてはならぬ」

半農半士の郷士ながら厳格な父は、強く釘を刺した。

だから、金三郎はいいつけを守り、兄・半四郎のことを忘れようと努めた。そして、その記憶も薄れがちになっていた。

何よりいまの金三郎には剣術で身を立て、名のある剣士になり、いずれは大勢の弟子を抱える道場を開くという夢があった。

そのために毎日厳しい稽古に汗を流していた。仕送りはわずかなので切り詰めた生活をしなければならないが、ときどき日傭《ひよう》取りに出て生計の足しにした。贅沢をしなければ、それで十分やっていけた。

そんなある日のことだった。いつものように道場での稽古を終え、自宅長屋のある神田旅籠町《はたごちょう》に帰っていると、五人の侍に詰め寄られている男がいた。

近くの商家の者たちが、その様子を戦々恐々とした顔で見ていた。五人の侍はいかにも浪人の風体《ふうてい》で、詰め寄られている男は町人で、風呂敷を抱くようにして持っており、

「いい掛かりではありませぬか。無体でございます」

と、言葉を返している。

何があったのかわからないが、金三郎は近づいて様子を見た。

「何がいい掛かりで、無体だ。きさまが横から飛び出してきてぶつかり、謝りもせずに逃げようとしたから腹を立てておるんだ。見ろ、おれのこの着物を。きさまにぶつかられたおかげで汚れて、擦り切れているだろう」

「そんな……ぶつかってきたのはあなたたちではありませんか。わたしはぶつかった覚えなどありません」

「この野郎ッ」

体の大きな男が拳骨を飛ばして町人の頰桁《ほおげた》を殴りつけた。町人は勢い余って近くの天水桶にぶつかって倒れたが、

「よくも殴りやがったな」

と、目に怒りを燃え立たせて立ちあがり、威勢よく怒鳴った。

「やるなら存分にやってみやがれ、破落戸《ごろつき》の外道が！」

町人のくせに勇気のある男だと思ったが、侍たちは暴言を吐かれたことに逆上し、襟をつかんで引き寄せ頭突きをしたり、腹を蹴ったり、足払いをかけて倒した。

金三郎は見ていられなくなった。

「やめろ、やめろ！　何があったのかわからぬが、大勢でひとりを痛めつけるのは卑怯ではないか」

侍たちが一斉に顔を向けてきた。

「何だ、きさまは……」

残忍そうな顔をした侍が金三郎をにらんだ。

「相手は無腰の町人、それを刀を差した侍が、しかも五人がかりで袋だたきにするとは傍目《はため》にもみっともないでござろう」

「意見するのか」

「もう十分ではないか」

「こやつが謝らぬから、おれたちは腹を立てているのだ。挙げ句の果てに破落戸の外道と罵《ののし》りやがった。町人に虚仮《こけ》にされて黙っている侍はおらぬ。斬り捨ててもよいのだ」

金三郎は腹を押さえてうずくまっている男を眺め、それから五人の侍に顔を戻した。

「この男が謝れば、許してくれるのか？」

「……癪《しゃく》には障るが、町人相手では仕方あるまい」

丸顔の男が仲間を見て、それでいいだろうという顔をした。

「この方たちがそういっている。ここは素直に謝ったらどうだ」

金三郎が諭すように町人にいうと、町人は不服顔をしながらも、

「わたしが悪うございました。どうぞご勘弁くださいまし」

といって、頭を下げた。

五人の侍は気の収まらない顔をしていたが、周囲に集まっている野次馬たちを見て、さすがに自分たちのことを見苦しいとでも思ったのか、そのまま歩き去った。そのことで野次馬たちも、やれやれといった顔で散っていった。

「大丈夫でござろうか？」

金三郎は町人に手を差し伸べて立たせた。

「お助けいただき申しわけありません」

町人は礼をいって頭を下げた。

「礼などいらぬが、怪我《けが》はしておらぬか？」

「大丈夫です。ご心配いただきありがとうございます。お名前を教えていただけませんか？」

「山田金三郎と申す。そなたは？」

「わたしは岩村玄秋《いわむらげんしゅう》といいます。能をやっている役者です」

「能役者でござったか」

「あらためてお礼をしたいのですが、お住まいはどちらでございましょう？」

「礼などいらぬ。わたしは練塀小路の道場で修行をしている者だ」

「は、すると中西道場の方で……」

岩村玄秋は少し驚き顔をした。

「力になれることがあったら、いつでも声をかけてくれればよい。では」

金三郎はそのまま自分の長屋に戻った。

二

翌日、稽古が終わって道場を出たとき、

「山田様」

と、声をかけてきた者がいた。金三郎が振り返ると、岩村玄秋だった。ちょこんと頭を下げ、近寄ってくるなり、

「もし、お急ぎでなかったら、お付き合いいただけませんか」

と、誘ってくる。

金三郎は夕暮れ間近の空をあおぎ見て、かまいませんがと答えた。

玄秋はよい店があるので行きましょうと案内する。金三郎は黙ってついていった。

そこは明神下の通りから少し路地に入った、小体《こてい》な料理屋だった。

「昨日はご面倒をおかけいたしました。さあ、やってください」

玄秋は酒を勧める。金三郎はいけない口ではないので喜んで受ける。注文の料理が届けられて、目をみはった。普段口にできない刺身や煮物、和え物などが運ばれてくるのだ。

「こんな馳走を、申しわけない」

断りながらも金三郎は箸を伸ばす。玄秋は昨日の侍たちは質《たち》が悪い、自分がぶつかったのではなく向こうからぶつかってきたのに、因縁《いんねん》をつけられたとぼやき、しかしもうあのことは忘れる、といってから、

「山田様、わたしもじつは同じ道場に通っていたのです」

と、いった。

金三郎は驚き顔で玄秋を見た。

「もう十年も前になりますが、同じ道場で汗を流しておりました」

「そうだったのですか。すると、岩村さんはもとは侍で……」

「本名は恒之助《つねのすけ》といいます。剣術の腕は上がらず、また剣術で身を立てるのは難しいと悟り能役者になったのです。それでも一から修行のし直しですから、苦労はしました。いまは狂言方で何とか使ってもらえるようになりましたが……」

玄秋は照れ臭そうな顔をして話した。それで金三郎は納得した。五人の侍を相手に、強気の言葉を吐いたのは、玄秋がもと侍だったからなのだと。

「山田様はどちらの出ですか？　江戸の方ではないような気がしますが……」

「訛《なま》っていますか？」

「さほどではありませんが……」

「会津です。父は郷士なので仕官はなかなか難しゅうございます。ならば小さい頃から兄に仕込まれていた剣術で身を立てようと思い、江戸に来たのです」

「会津でしたか。わたしの友達にも会津から来たという者がいました。そうだ、同じ山田です。半四郎といいましたが、まさかご親戚では……」

金三郎は内心で驚いた。まさか兄の名が出てくるとは思いもしなかった。それも玄秋の友達だったとは。

しかし、自分がその弟だというのは伏せた。兄は罪人なのだ。

「さあ、さような名の人はいません」

金三郎は顔色の変化を見られまいと、盃《さかずき》に視線を落としていった。

「そうですか。半四郎はいい男だった。わたしと妙に馬が合いましてね。道場は違ったのですが、近くに住んでいたのでよく酒を飲んでは将来のことを話しました」

「その半四郎という方はいまどこに……」

「死にました」

玄秋は哀しそうな顔をして言葉をついだ。

「殺されたのです。それも濡れ衣を着せられて……」

金三郎は目をみはった。

「どういうことです？」

「あまりこんなことは話すべきではありませんから」

「聞いてはいけませんか」

金三郎は玄秋をまっすぐ見た。平四郎が自分の兄だったというのを、打ちあけようかと思ったが、喉元で堪《こら》えた。

「半四郎は獄門になったのです。お武家の妻女に手を出し、その夫を殺害したうえで、屋敷に火をつけたという廉《かど》です。その妻女もあとで自害をするという痛ましい禍事《まがごと》でした。その下手人が半四郎だったのです」

金三郎は能面顔で玄秋を見た。やはり兄は罪人だったのだと思った。

「しかし、それは違うのです」

「どういうことです？」

金三郎はまばたきもせずに玄秋を凝視する。たしかに兄・半四郎と同じぐらいの齢《とし》だ。友達だったなら真相を知っているのかもしれない。

「町方は必死になって下手人捜しをしましたが、なかなか見つかりません。それで、その殺された夫と自害した妻の家に出入りしていた半四郎が疑われ、ついには下手人に仕立てられたのです。町方が手柄ほしさにやる手口です」

「それじゃその半四郎という人は無実だったのですか？」

「そうです。半四郎は手柄をほしがる町方にまんまとはめられたのです」

「もし、それが事実ならば放っておけることではありませんよ」

「そうおっしゃっても、裁かれて死罪になった男のことを今更調べてもどうにもなりません。ほんとうにむごいことです」

金三郎は立てつづけに酒をあおった。

「岩村さん、その町方のことをご存じですか？　半四郎という人を捕まえた町方を」

「北町奉行所の桜木清兵衛という与力でした」

金三郎はその名前を頭に刻みつけた。

「まあ、こんな話はよしましょう。せっかくお近づきになれたのです。さ、どうぞ」

玄秋はにこやかな顔に戻って酌をしてくれた。

だが、金三郎の胸のうちには、さざ波が立っていた。

三

「何だかここのところお忙しいですね」

清兵衛が出かける間際に安江が声をかけてきた。

「いったであろう。稽古をつけているのだ。道場で負けつづけて気落ちしているのだ」

それは倅の真之介《しんのすけ》のことだった。

真之介は北町奉行所の当番方与力で、本所亀沢町《ほんじよかめざわちよう》にある団野《だんの》源之進《げんのしん》道場に通っている。調子のよい男で、若い頃の清兵衛に似たのか、ひそかに悪所通いをしている。そのことを清兵衛は知らないが、

──強くなりたい。

という倅の気持ちを汲んで、稽古をつけることにしたのだ。

「真之介が気落ちをですか……」

「負けが込んで自信をなくしておる。気合いを入れてやるしかない」

「それじゃしっかり鍛えてくださいませ。男はくよくよしていてはなりません。わたしがそう申していたと伝えてくださいませ」

安江は両手を腰にあて力強い口調でいった。

「承知した」

「あ、お待ちを。わたしもお稽古に付き合いましょうか。真之介がしおたれているようなら活を入れてやります」

「いや、それは……」

「何でしょう。息子のためです。いずれは立派な与力にならなければならない男です。どんな顔をしているのかこの目でたしかめたくなりました」

真之介は与力ではあるが、まだ本役ではない助役（本勤並《ほんづとめなみ》）である。一人前の与力になるにはもう少し経験が必要だった。

「気持ちはわかるが、いま真之介は発奮しているのだ。母親が出るまでのことはない。それに、今日は隣のおくめさんと出かけるのではなかったか」

「あ」

安江はハッと目を見開いて、「そうでした、忘れていましたわ」と思い出した顔になった。

「では、行ってまいる」

清兵衛はそのまま表に出て、「やれやれ」と独り言を漏らした。清兵衛と同じく妻の安江も暇を持て余しているせいか、この頃世話焼きになっている。

清兵衛は朝靄《もや》の漂う通りを歩いた。まだ、夜が明けて間もない時刻だ。朝の早い魚の棒手振や納豆売りの姿を見る。

八丁堀に架かる中ノ橋をわたる。水面はうすい霧で覆われていたが、それもすぐに消えるだろう。八丁堀に入ると、真之介の組屋敷をめざす。もとは清兵衛の拝領屋敷だったのだが、隠居して家督を譲ったので真之介が主《あるじ》となっている。

与力屋敷や同心屋敷を訪ねる髪結いの姿があった。日剃り日髪《ひがみ》は、町奉行所役人の嗜《たしな》みである。髪結いたちも朝のこの時間は忙しいし、稼ぎ時である。

「父上、お待ちしていました」

屋敷に入ると、庭で素振りをしていた真之介が声をかけてきた。諸肌《もろはだ》脱ぎになっている上半身が朝日を受けて光っていた。

「どれどれ、早速、形を見せてもらおうか」

清兵衛は縁側に腰を下ろして真之介に指図する。すぐに中間が茶を運んできたので、清兵衛は口をつける。

真之介は青眼の構えから摺《す》り足を使って数歩進むと、右足を踏み込んで下ろした竹刀を斜め上方に振りあげ、即座に足を引きつけて突きを送る。さらに下がりながら袈裟懸《けさが》けに振って、残心を取った。

「腰があまい。腰が上下しておる。摺り足でも歩み足でも腰が浮ついておる」

「まだですか……」

真之介は首を捻って、「どうしてうまくいかないのだろうか」とつぶやく。

「それから竹刀を振るとき、腕を使いすぎる。腰だ。腰で竹刀を振るようにしなさい。何度もいっているであろう。もうひとつ、刀というのは振りかぶって弧を描くようには振らぬ。腰を落としながらまっすぐ突き出すようにするのだ。竹刀でできなければ本身でもできぬ」

「では父上、見せてください」

清兵衛は立ちあがると、縁側にある予備の竹刀を持って手本を見せる。摺り足を使って青眼から上段に竹刀をあげ、唐竹割りに振り下ろす。

シュッと、風を切る音がする。

「円を描くように竹刀を動かしたか?」

「少しはそう見えますが、竹刀を前に投げるような動きに見えました」

「手首を少し使ってやるのだ」

「そうか、手首か……」

真之介は納得したという顔で同じ動きを繰り返した。

「すぐには身につかぬだろうが、これでもかというほど繰り返すうちにわかるはずだ。それと腰をふらつかせるな」

「わかりました」

真之介は右斜め、左斜め、そして左右に動き、摺り足で下がる。足の使い方は重要なので、清兵衛は何度も同じことをやらせる。

「地味な稽古だが、これが大切なのだ」

「はい、そろそろ支度にかからなければなりませぬ」

真之介は竹刀を下げて、清兵衛に礼をいった。これから髷を結い直し、着替えをして町奉行所に出勤しなければならない真之介は忙しい。

「つぎの試合はいつだ?」

清兵衛は座敷にあがった真之介に声をかける。

「十日後にあります。この前のような負け方は決してしません。必ず勝ちます」

真之介は髪結いに髷をいじられながら、目を輝かせる。

「明後日は非番だったな。そのとき、もう一度見てやる」

「お願いいたします。あ、父上、今日は何をされるのです?」

「勘《かん》の字にでも会って茶飲み話でもしようと考えておる」

「大杉《おおすぎ》様は今日は非番です。きっと喜ばれますよ」

清兵衛が〝勘の字〟と呼ぶのは、吟味方与力の大杉勘之助《かんのすけ》のことだ。互いに「おれ」「おぬし」と呼び合う莫逆《ばくげき》の友である。

「では、顔を出しに行こう」

清兵衛は腰をあげて真之介の屋敷をあとにした。

四

能役者・岩村玄秋の話を聞いて以来、山田金三郎は道場での稽古にも、日傭取りの仕事にも身が入らなかった。

兄の半四郎は罪人などではなく、町方にはめられ無念の死を強《し》いられたことになる。無実の罪だったのに、罪人に仕立てあげられ、首を刎《は》ねられ、その首を晒《さら》されたのだ。

どんなに悔しかったであろうか。いや、悔しいという単純な言葉ではいい尽くせぬ怒りがあったに違いない。

その兄の無念を思うあまり、夢に半四郎が出てくることがあった。

――おれは何もしておらぬ。何も知らぬのだ。それなのに、罪人として牢獄に送られ殺されたのだ。助けてくれ金三郎。おれの無念を晴らすのはおまえしかおらぬ。

夢のなかで金三郎はそんなことをいわれた。

――わかりました。兄上、怨念はきっと晴らしてさしあげましょう。

金三郎は兄に答えた。

それは夢ではあったが、半四郎は真実を知った金三郎に復讐を頼んだのだ。あの世で彷徨《さまよ》う魂が、自分を頼ってきたのだと思い込んだ。そうでなければそんな夢など見ない。

十年の歳月を経て、半四郎の魂が自分に宿ったと思った。

その思いは日に日に強くなり、復讐しなければならない、そうでなければ兄・半四郎は浮かばれないと考えた。

金三郎はまず桜木清兵衛を調べるために、自宅長屋から離れた浅草の自身番を何軒か訪ねた。町奉行所の与力・同心は日々見廻りをしながら各町の自身番を訪ねる。桜木清兵衛も同じことをしているはずだと考えてのことだった。

浅草田原町《たわらまち》の自身番で桜木清兵衛のことはわかった。

「風烈廻りの与力の旦那ですよ。鯔背《いなせ》でいい人でした」

詰めている年寄りの書役がそういった。

「いい人でしたというが、いまは御番所にいないのか？」

「何年前でしたか隠居されたはずです」

「隠居……」

「はい、以前はよく見廻りのついでに立ち寄られましたが、もうずいぶん姿を見ていません」

「住まいを知っている者はいないだろうか？」

「桜木の旦那に何かご用でもおありですか……」

書役は怪訝《けげん》そうな顔を向けてくる。のちのちのことを考慮すると、金三郎は自分の顔を覚えられてはまずいと考えている。長話は慎むべきだった。だが、桜木がどこにいるか、それは調べなければならない。

「昔世話になったので、直接お目にかかって挨拶をしたいのだ」

「さようなことでしたら、立ち寄られる与力か同心の旦那に伺っておきましょうか」

「できたら助かる」

「それでお侍様のお名前は？」

金三郎はどう答えようか迷ったが、能役者の本名を思い出して、

「岩村恒之助と申す」

と答えた。

うっかり長話をしてしまったが、その自身番は自分の住まいから離れているし、相手は年寄りなのでしっかり顔は覚えられていないだろうと、気休めに考えることにした。

そして、その翌日、同じ自身番を訪ねると、

「岩村様、桜木の旦那のことがわかりました」

と、書役は笑顔を向けてきた。

「桜木様は隠居されて、ご子息に家督を継がせ、鉄砲洲のほうに奥様と二人暮らしをされているそうです」

「鉄砲洲のどこかわかるか？」

「そこまではわかりませんが、鉄砲洲に行ってお尋ねになればわかるのではないでしょうか。お会いになりましたら、田原町の忠兵衛《ちゅうべえ》がよろしく申していたとお伝えください」

「承知いたした。礼を申す」

金三郎は逃げるようにその自身番を離れると、ギラッと目を光らせた。桜木清兵衛は鉄砲洲に住んでいる。しかも妻と二人だけのようだ。

兄の怨念を晴らすのに手間はかからぬだろうと、金三郎は思った。

鉄砲洲に向かう間、兄・半四郎のことを考えた。歳は十五離れていた。そして違う母親だった。半四郎の母は早く亡くなり、その後父親が後添《のちぞ》いをもらった。金三郎はその後添いとの子だった。

血は半分しか同じでない兄弟ではあるが、兄・半四郎は金三郎をよく可愛がってくれた。幼い頃は剣術だけでなく、竹馬を作ってくれたり、独楽《こま》のまわし方も教えてくれ、正月にはいっしょに凧《たこ》揚げをし、夏には近所の小川で魚捕りをした。そんな思い出がつぎつぎと脳裏に甦ってくる。兄・半四郎への悪い印象は一切ない。いつもやさしく可愛がってくれたという楽しい思い出ばかりだ。

あんなにやさしかった兄が、人を殺すなど考えられない。玄秋殿も、半四郎はいい男だったといった。

金三郎は復讐心に燃えていた。兄の敵《かたき》を必ず取ると、歩きながらも胸のうちで誓う。

その日の午後、金三郎は鉄砲洲に足を運んだ。だが、桜木清兵衛がどの町に住んでいるのかがわからない。

「鉄砲洲」と一言でいうが、北の本湊町から南の明石町《あかしちょう》までをひとくくりにして呼ぶのだ。

だが、焦ることはなかった。立ち寄った茶屋や飯屋で、

「この近所に桜木というご隠居が住んでいると聞いているが、家がどこにあるかわからぬだろうか？」

と、店の者に尋ねて行くうちに、鉄砲洲本湊町の茶問屋で、

「桜木様でしたら、この裏の通りにお住まいですよ。すぐ近くに旗本屋敷があります。奥様はうちの店を贔屓《ひいき》にしてくださっています」

と、手代とおぼしき男が教えてくれた。

鉄砲洲本湊町は稲荷橋から南へつづく両側町で、東は大川の河口、西は阿波《あわ》徳島藩松平《まつだいら》家（蜂須賀家）の下屋敷になっている。

小店や問屋の並ぶ通りを歩いて行くと、まさにここがそうではないかという小さな屋敷を見つけた。垣根越しにのぞくと、庭に面した縁側で妻とおぼしき女が繕《つくろ》い物をしていた。

（ここか……）

少し後戻りをした酒屋で、その屋敷のことを尋ねると、たしかに桜木清兵衛の家だとわかった。

（ついに見つけたぞ！）

金三郎はぎらりと目を光らせた。

五

真之介に稽古をつけて幾日かたった朝のことだった。

「いかん」

清兵衛は厠《かわや》を出るなり、顔をしかめた。尻のあたりにそっと手をやる。

「いかがなさいました？」

朝餉を用意してある居間に行くと、安江が怪訝そうな顔を向けてきた。

「どこか具合が悪くなりましたか」

「ううん、まあすぐに治るだろう」

清兵衛はそういって腰を下ろしたのだが、「うっ」と小さくうめいて尻を浮かした。

「まさか」

安江がまばたきもせずに見てくる。味噌汁を入れた椀を持ったままだ。

「どうもそのようだ」

清兵衛は情けなさそうに眉を垂れる。痔《じ》である。しばらく症状が出ていなかったので、治ったと安心していたが、突然の再発である。

「困りましたね。今日はお医者に診てもらったらいかがです。痛むのですか?」

「痛い。ま、よい。飯を食ったら幸庵《こうあん》殿の家に行ってくる」

幸庵とは八丁堀北紺屋町《きたこんやちょう》に住んでいる医者だった。

「それがよいですわ」

清兵衛は痛まないようにゆっくり尻を下ろし、安江から味噌汁の椀を受け取った。

朝餉をすますと、早速幸庵の家に向かった。青葉の茂る気持ちよい朝であるが、清兵衛は尻に痛みがあるから、歩き方がぎこちない。

稲荷橋際《ぎわ》にある甘味処「やなぎ」の前を通ったが、何かと懐いているおいとに顔を合わせなくてよかった。こんなみっともない姿は見られたくない。

「先生、幸庵殿!」

戸口の前で声をかけると、幸庵の若い妻が出てきた。

「あら、桜木様。こんな早くにいかがなさいました?」

「ちょっと持病が出たのです。先生に診てもらいたいのですが、おいでですか？」

久美《くみ》という若い妻は、戸惑《とまど》い顔をして奥のほうを見てから、困りましたねとつぶやく。

「どうされました？」

「まだ寝ていますけど、いまたたき起こします」

「お願いいたす」

しばらく待たされたが、清兵衛は診察室に通された。

慈姑頭《くわいあたま》が結えないほど髪が薄くなっている幸庵は、だらりとした寝間着姿であらわれ、いかがなされたといって、清兵衛の前に座る。清兵衛は普通に座れないので、少し尻を浮かしている。

「痔、痔が……また出たのです」

清兵衛は脂汗をかいていた。

「ほほう、昔の持病が出ましたか。どれ診てみよう。尻をまくって見せなさい」

清兵衛は四つん這いになり、尻を幸庵に見せる。

「これが見目麗《うるわ》しき女子《おなご》だったらこんな果報な仕事はないが、相手がいい歳をこいた男では、決して医者冥利《みょうり》とはいえぬな」

「そんなことはどうでもよいので、早く診てくだされ」

「いま診ておるよ。どれどれ」

清兵衛はしばらくみっともない恰好をさせられたまま、じっとしていた。

「ははあ、大分切れとるな。こりゃあ痛いはずだ」

幸庵はそういってぺしりと清兵衛の尻をたたき、もういいといった。

「ひどいですか？」

「まあ、そうだな。無理はせぬことだ。なにか辛いものでも食いましたか」

清兵衛は辛いものはしばらく食べていないと答えた。

「冷たいところに座らぬこと。辛いものは控えること。激しい動きはしないこと。夜の営みも控えなさい。わしはそっちは大好きだが、へへへ……」

幸庵は注意を与えたあとで、好色そうな笑いを漏らす。そのじつ助平医者だ。後添いにした久美とは三十二の年齢差がある。

「久美は若いから体が持たぬよ。今朝もすぐ起きられなくてな」

別に聞きたいと思わぬことを幸庵は口走りながら塗り薬をこねている。清兵衛は居住まいを正し、軽く尻を浮かして薬を待つ。

「だけど、若いというのはよい。離れられぬよ。うしし……」

「先生、どうでもよいから早く薬を」

「慌てなさんな。わしが塗ってやってもいいが、いかがする？」

「自分でやります」

清兵衛は薬をもらって厠にゆくと、そこで薬を患部に塗った。少しは痛みが治まった気がする。ふっと安堵の吐息を漏らす。

幸庵の家を辞すると、そのまま大杉勘之助の組屋敷を訪ねた。

「なんだ早いではないか。さては、おれが非番だというのを知っていたか」

「幸庵殿の家に行ったついでだ」

「あの藪に何の用があった？」

「何でもない。それより、今日は何をするのだ？」

「碁を打ちに行くつもりだ。碁は楽しいぞ。おぬしも覚えたらいい暇潰しになるのにな」

「おれには向いておらん。それより相談がある」

「なんだ？」

「おぬしは畑仕事ができるな。昔、そこの庭に野菜を作っておっただろう」

「ああ、忙しい身の上だから全部だめにした」

「じつは我が家の狭い庭に畑を作ってみようと思うのだ。知恵を貸してくれぬか」

「さようなことを考えておったか。うむ、よいだろう。ならばおぬしの家の庭を検分せねばならんな。まずはそこからはじめるしかない」

「では、教えてくれ」

清兵衛は勘之助を連れて本湊町に帰った。安江は勘之助を喜んで迎えるが、清兵衛にいかがでしたと訊ねる。

「薬を塗ったので朝よりだいぶよくなった」

「それはようございました。やはりお医者は頼りになります」

二人のやり取りを聞いていた勘之助が、

「清兵衛、どこか悪いのか？」

と、怪訝そうな顔をする。

「痔だ。大したことはない。それより庭を見てくれ」

「なんだ、まだ痔持ちであったか。大変だのう。どれ、どこに作りたい？」

清兵衛と勘之助は座敷を横切り庭に下りた。

六

その朝、金三郎は清兵衛の屋敷まで来たが、ひそかに様子を探るように見張った。

しかし、忙しそうに掃除をしたり、台所仕事をする妻の姿は確認できたが、主の清兵衛の姿がなかった。朝早くどこかに出かけたのだろうと思い、暇を潰して戻ると、庭に二人の男がいた。

地面を指さしながら何やら言葉を交わしているが、金三郎はその声を聞くことができない。あまり近づけば不審がられるし、いまは気づかれてはならなかった。

しかし、どちらの男が桜木清兵衛なのかわからない。二人は同じ年恰好だ。ひとりは色白の面長で、もうひとりは鼻梁《びりょう》が高く彫りの深い顔をしている。

（どっちが桜木清兵衛だ……）

垣根越しに見分けようとしてもわからない。

振売りの行商が一方からやって来たので、金三郎は清兵衛の家から離れ、屋敷口を見張れる場所まで移動した。

今日こそは敵を討たなければならぬ。やっと桜木清兵衛を見つけたのだ。だが、二人のうちどちらがその男なのか、先に見定めなければならない。

庭を見てくれた勘之助は、まずは畳一畳ほどの畑作りからやったらどうだと勧めた。

「端《はな》から大きくすることはないだろう。手慣れたところで少しずつ広げる。そうはいってもそう広い庭ではないからな」

勘之助は縁側に座り茶を飲みながら、棒で四角く描いた地面を眺める。

「そうだな。おぬしのいうとおりであろう」

「それで鍬《くわ》や鋤《すき》はあるのか？　農具がなければ畑は作れぬぞ」

「これから揃える」

「ならばおれのをやろう。もう使わぬからおぬしにくれてやる」

「それは助かる。持つべきは友であるな」

「おぬしとは腐れ縁ではないか。それはそうと清兵衛、もう昼近くだ」

勘之助は腹のあたりをさする。飯を奢《おご》れとその目がいっている。

「うむ、何かうまいものでも食いに行くか。おぬしにはいろいろ教わったので、おれにまかせておけ」

「そのついでに、おれの家に寄って農具を持って帰れ」

「そうしよう。助かる」

清兵衛は安江に断りを入れて家を出た。

何が食いたいと訊ねれば、勘之助は即座に鰻《うなぎ》だという。

また高直《こうじき》なものをせびりやがってと思うが、清兵衛は折れた。


桜木清兵衛がどちらの男かわからないまま、金三郎はあとを尾《つ》けた。鼻梁の高いほうは歩き方が、何だか妙だ。顔の長い男は堂々と歩いているが、よく喋り、ときどき高笑いをしていた。

その二人が行ったのは、南八丁堀一丁目にある「前川《まえかわ》」という鰻屋だった。いかにもうまそうな芳ばしい煙が漂ってくる。

金三郎は朝から何も食っていないから、腹の虫がグウと鳴った。

「くそ、うまいものを食いやがって……」

思わず愚痴が漏れる。

金三郎は八丁堀の畔《ほとり》に立つ柳の下で、二人のいる鰻屋を見張りつづけた。昼時分なので、客が出たり入ったりしている。それも金に余裕のありそうな侍や商家の年寄りがほとんどだ。

金三郎は鰻屋をにらむように眺めながら、獄門になった兄・半四郎も生きていれば、うまい鰻を食えたと思う。もし、生きていたなら世話になった恩返しに、鰻ぐらい馳走できたのにと思いもする。

桜木清兵衛はおのれの手柄のために、無実の兄を罪人に仕立てたのだ。そんなやつをのうのうとのさばらせておく道理はない。

(必ずや今日のうちに敵を取る)

金三郎は何度も胸のうちでつぶやき、おのれを鼓舞する。

鰻屋に入った二人が表に姿を見せたのは、それからしばらくしてからのことだった。金三郎はつかず離れずで二人を尾ける。気取られてはならないので十分な距離を取った。

二人は町家を抜けると、八丁堀にある屋敷地に入った。町奉行所の与力・同心が住む武家地だ。人通りが極端に少なくなったので、金三郎は尾行に苦労したが、どうにか見失わずに尾行できた。二人は一軒の組屋敷に入った。

冠木門《かぶきもん》があるので、与力屋敷だとわかる。桜木清兵衛も元は与力だ。すると、あの二人の一方は、まだ現役の与力ということになる。

（どっちがそうなのだ）

金三郎にはいまだ見分けがつかない。二人とも斬り捨ててもよいが、片方の男には恨みも何もないから、それはできない。それに相手を甘く見ないほうがよい。

（桜木清兵衛がひとりになったときを狙うしかない）

そこは見張りに適している場所ではないから、少し離れたところにある稲荷社に入って様子を窺った。

待つこと一刻（二時間）ほどで、鼻梁の高い男が表に姿を見せた。だが、ひとりではなかった。中間らしき男を従えている。その男は鍬と鋤を抱え持っていた。

「重くはないか？」

鼻梁の高い男が気遣う。

「なんのこれしき、どうってことありません」

中間は言葉を返して歩く。そのとき、「桜木様」と中間が呼んだ。

「なんだ？」

鼻梁の高い男が返事をした。

（あやつだったか！）

金三郎は清兵衛の背中を凝視した。

そして、清兵衛と中間は本湊町の屋敷に戻った。

金三郎は清兵衛の家の近くで見張りをつづけた。腹が減っていた。日は西にまわり込んでいる。

鍬と鋤を抱え持っていた中間は間もなく出てきたが、清兵衛は家から出てこない。中間の姿が見えなくなると、金三郎は清兵衛の家に近づき、垣根越しにのぞいた。清兵衛は庭に立ち、地面をしげしげと眺めていた。

（何をしているのだ）

気になるが、声をかけることはできない。

清兵衛は座敷に戻り、そして奥の間に消えたらしく見えなくなった。今度は妻が繕い物をはじめ、そして繕ったものを畳んで家の奥に入った。

日は低くなり、人の影が長くなった。じきに日が暮れそうだ。桜木清兵衛はもう家を出ないのかもしれない。

ならばどうしようかと金三郎は考える。明日、出直すか。それとももう少し粘るべきか。そんなことを考えていると、若い侍が清兵衛の家を訪ねて来た。金三郎は門口で聞き耳を立てた。二人は玄関で立ち話をしていた。

「ならば、明日の朝早くおぬしの屋敷へまいろう」

「試合の前にどうしても見ていただきたいのです。では父上、頼みました」

若い侍は清兵衛の倅だったのだ。

（明日の朝早く桜木清兵衛は家を出る。ならばそのときを狙おう）

金三郎の肚《はら》は決まった。

七

翌早朝、清兵衛はいつもより早めに起きて、安江の出してくれた茶に口をつけた。

「真之介は気を張っているのでしょう。こんな早くに稽古をつけてくれだなんて」

安江が自分の茶を淹れながらいう。

「それだけやる気があるということだ。今日は五人に勝ち抜くと気負い込んでいる。気負いはあまり感心できぬので、気を楽にしろといってやるつもりだ」

「わたし、こっそり見に行こうかしら」

「よせよせ。あやつの願いどおりに勝てばよいが、負けたらどんな声をかける」

「それじゃ負けるようではありませんか」

「勝ったら嬉しそうな顔で知らせに来るだろう。それを待ったほうがよい。来なかったらまた負けたということだ。さて、そろそろ行ってやるか」

清兵衛が立ちあがると、

「あなた様、あちらのほうはいかがなのです？」

と、安江が痔のことを聞いてきた。

「今朝は昨日よりよい。幸庵殿の薬が効いたようだ。では、行ってくる」

「お気をつけて」

清兵衛は家を出た。東の空がきれいな朝焼けに染まっていた。帯状の雲が薄紅に染まり、上方の雲は青みがかった薄紫色だ。

早朝の風が気持ちよく、鳥たちの囀《さえず》りも長閑《のどか》だ。八丁堀には薄い川霧が立っていた。

清兵衛は中ノ橋をわたり、与力・同心の組屋敷のある八丁堀の武家地に足を運ぶ。そのとき、背後に人の気配を感じた。立ち止まって振り返ると、若い侍が立ち止まって凝視してきた。

見知った男ではない。短く視線を交わしたが、清兵衛はそのまま背を向けて歩いた。長沢町を左に折れ、岡崎町を右に曲がろうとしたとき、さっきの侍が距離を詰めてくる気配があった。

（わしを尾けているのか……）

清兵衛は胸中でつぶやくと足を止めた。

「桜木清兵衛、さようだな」

背中に若い侍の声がかかった。清兵衛がゆっくり振り返ると、相手はすでに鯉口を切っていた。斬り合う覚悟がその目にありありとあった。

「何用だ？」

清兵衛は問うたが、相手は黙って間合いを詰めてくる。総身に殺気を漲《みなぎ》らせている。

「兄上の敵、覚悟しろ！」

清兵衛は眉宇をひそめた。

「誰のことだ？」

「山田半四郎だ。忘れたとはいわせぬ。無実の兄に罪をなすりつけ獄門にしたのがきさまだ。怨念とくと晴らす」

男は刀を鞘走らせると青眼に構えた。

「待て……」

「いいわけ無用！」

斬りかかってきた。

清兵衛は半身を捻ってかわし、鯉口を切ったがまだ抜かない。胸のうちで何度か山田半四郎とつぶやき、記憶の糸を手繰《たぐ》った。

「あっ」

と、思い出したのはすぐだ。

すると、目の前の男は山田半四郎の弟なのか。

「はやまるな。わしは恨みを買った覚えはない。おぬし、山田半四郎の弟であるか」

「いかにも。金三郎と申す。でやっ！」

上段から撃《う》ち込んできた。清兵衛はたまらず刀を抜いて、金三郎の一撃を擦りあげ、そのまま鍔《つば》迫《ぜ》り合う恰好になった。歯を食いしばった金三郎の顔がすぐ前にある。怒りに燃える双眸を赤くしてにらんでくる。

互いに押したり押されたりで、すぐに離れることはできない。

「山田半四郎は無実だと申したな。さようなことはない」

「ええい、黙れッ。手柄ほしさに兄に罪を被せたのだ。そうであろう」

金三郎は唾を飛ばして言葉を返した。

「思いちがいだ。たしかな証拠が揃ったからこそ、半四郎を捕縛したのだ」

「たしかな証拠だと……」

「そうだ」

「嘘だッ！　兄上は濡れ衣を着せられて殺されたのだ」

金三郎は清兵衛を渾身の力で押して、跳びしさった。

「嘘ではない。濡れ衣でもない。まことのことだ。山田、落ち着け。もし、わしを斬ったら、おぬしも兄同様に死罪は免れぬ。そのことわかっておるのか」

金三郎の片眉がぴくりと動いた。

「兄の恨みが晴らせるなら本望だ」

「馬鹿な。おぬしはまだ若い。命は大切にするものだ。おぬしには親もあろう。他に兄弟もいるのではないか。ここで斬り合えばその身内を悲しませることになる」

「ええい、黙れ、黙れッ！」

金三郎は脇構えから袈裟懸けに斬り込んできた。

清兵衛は左へ払い落とすと、即座に刀を上へ返し、そのまま金三郎の刀をからめ取るように押さえ、すかさず背後にまわり込み、左腕を首にまわし右の刀を喉につけた。

「うっ……」

金三郎は動けなくなった。

「このまま喉笛をかっ切るのはわけないことだ」

「き、斬れ」

金三郎はくぐもった声を漏らした。

「おぬしは思い違いをしている。わしに斬られて死ぬ前に、真実を知りたければ、存分に話をしてやるが、いかがする？」

「…………」

「神かけて、わしは人に罪をなすりつけたことなどない。いかがする？　わしの話を聞くか、聞かぬか？」

「兄上はまことに……」

「罪人だった。それだけは枉《ま》げることのできぬ事実だ」

「証拠があるといったな」

「ある」

「ならば見せてもらおう」

清兵衛はさっと腕を動かし、金三郎の片腕を背中で捻りあげ、刀を取りあげた。

「この刀、しばらく預かる。ついてまいれ」

清兵衛は金三郎を突き放してから顎をしゃくった。

金三郎は短く躊躇《ためら》ったが、おとなしくあとに従った。

八

「この男は？」

真之介は清兵衛が連れて来た金三郎を見て驚き顔をした。

「話をすれば長いが、頼まれてもらいたいことがある」

清兵衛は玄関に立ったまま、真之介を見て言葉をついだ。

「これから御番所へ行き、例繰方《れいくりかた》から十年前に獄門になった山田半四郎のお裁《さばき》帳《ちょう》を借りてきてくれ」

例繰方は過去の判決録を保存し、先例の詳しい調査にもあたる。

「何故、そんなことを？　稽古はどうするのです？」

「稽古よりこっちのほうが大事だ。人の命がかかっておる。とにかく急いで借りてきてくれ」

「ま、わかりました。ですが……」

「とにかく急げ。おまえには試合があるだろう。それまでには間に合わせる」

清兵衛はそう命じてから座敷を借りると断り、金三郎を座敷にあげ向かい合って座った。

「大旦那様、茶をお運びしましょうか？」

小者が声をかけてきたので、頼むと応じた。

「さっきのはわしの倅だ。おそらくおぬしと同じ年頃であろう」

金三郎は先刻の威勢はどこへやら、むっつりと黙り込んでいる。納得がいかぬという顔には怒気も含まれていた。

「山田半四郎は人殺しだ。こんなことは聞きたくはなかろうが、それは枉げることのできぬ事実だ。おぬしは、兄・半四郎がどんな罪を犯したか詳しいことを知っているのか？」

「…………」

金三郎はにらんでくるだけだ。

「あの一件は忘れることのできぬ苦々しい禍事であった」

清兵衛はそのまま当時のことを思い出しながら話していった。

山田半四郎は会津から出てきた侍だった。剣術で身を立てようと道場通いをして腕を磨いていたが、おのれの思うように行かないと悟ると、某旗本の家士になった。給金は安いが、武士としての体裁は整えることができた。

運がよければ、仕えている旗本からの口利きで大名家への仕官もかなうかもしれなかった。半四郎はそのことに一縷《いちる》の望みを託していたが、あろうことか米倉《よねくら》屋甚兵衛《やじんべえ》という米問屋の女房・冬《ふゆ》に懸想《けそう》した。

他人の妻だと知ってはいたが、半四郎はおのれの気持ちを抑えることができず、夫・甚兵衛の留守を狙い、家に入り込むと嫌がる冬を強引に手込めにした。手込めにされた冬はそのことを夫の甚兵衛に打ちあけることができない。

半四郎はその弱味をにぎったことに調子づき、やはり甚兵衛の留守を狙って家に入り込み、冬を自分のものにした。

しかし、そんなことがいつまでもつづくわけがなく、ある日、出かけたはずの甚兵衛が早く戻ってきた。そのとき、半四郎は冬を組み敷いていたのだが、その場がまるく収まるわけがない。

甚兵衛は激怒して半四郎に殴りかかった。半四郎はかろうじてその一撃をかわすと、枕許に置いていた自分の刀を抜き、甚兵衛の腹を突いて倒した。

「嘘だ。兄上がそんなことをするわけがない」

金三郎は清兵衛の話を遮った。

「いいから聞きなさい」

清兵衛は小者が運んできた茶に口をつけてつづけた。

半四郎は人を斬ったことに動転したが、そのことが露見すると自分の身が危ない。そこで冬を連れて自宅長屋に一度逃げ帰り、冬に猿ぐつわをかけ、両手両足を縛ってからまた甚兵衛の家に戻った。

戻ったのは、甚兵衛がまだ生きているのではないかと、心配になったからだった。しかし、甚兵衛はすでに息絶えていた。畳は甚兵衛の血を吸って赤黒く染まっていた。

半四郎は考えた末に、家に火を放って証拠隠滅を図った。殺された甚兵衛ごと灰になれば、自分は罪を逃れられると考えたのだ。

しかし、そうはいかなかった。火を放って自宅長屋に戻ると、冬の姿がなかった。

冬は半四郎が長屋を出たあとで、必死になって猿ぐつわを外し、縛られた両手両足の縄を解いて逃げ、その後、知り合いの家に匿《かくま》ってもらい、すべてを打ち明けた。

冬が自害したのはその翌日のことだった。

「まさか、そんなことが……」

あらましを聞き終えた金三郎は能面顔になっていた。

「嘘ではない。耳痛いことであろうが、それがまことのことだ。半四郎は道ならぬことをしてしまったが、もはや取り返しはつかなかった。人は些細な過ちを犯す。そのとき、ことの重大さに気づかぬこともある。あとで後悔してもどうにもならぬことだ」

清兵衛が憐憫《れんびん》を込めた目で金三郎を見たとき、玄関から「父上」という声が聞こえてきて、すぐに真之介があらわれた。

走ってきたらしく肩を上下させ、汗を噴き出していた。

「借りてきたか」

「これでよろしいので……」

清兵衛は真之介から綴《と》じてある書類を受け取った。山田半四郎に裁きが下されたときの詳細を記した判決文書だった。

「これには証人となった者たちの申し立ても載っている。読むかね」

清兵衛が文書を差し出すと、金三郎は恐る恐る手を伸ばして受け取り、目を通していった。

「父上、いったいどういうことです？」

真之介が汗を拭きながら聞いてくる。

「あとでゆっくり話す」

清兵衛は金三郎を眺めた。文書を読み進める金三郎の手がふるえていた。何度も首を振り、痛みを堪えたような顔で唇を噛んだ。

最後にがっくり肩を落として、両手をついた。

「それには嘘偽りは書かれておらぬ。証人となった者たちの花押もある。そうだな」

　金三郎はうなだれたままうなずいた。

「では、わたしはどうなるのです？　どうすればよいのです？　殺すつもりで桜木様に斬りかかりました」

「なんだと」

　驚きの声を漏らしたのは真之介だった。

「真之介、この男はこのお裁帳にある山田半四郎の弟だ。何を思い違いしたのか、獄門の刑を受けた半四郎の罪は濡れ衣だったと思い込んでいた。半四郎を捕縛したのはわしだ。だから、敵を討つためにわしの命を狙ったのだ」

「なんと不届きな……」

「申しわけもありません。身共《みども》はある能役者から話を聞いたのです。それで、そのことを信じて、敵を討たなければ兄の魂が浮かばれないと考えたのです。されど、まさか、まさか斯様《かよう》な帳面があるとは……」

　くくっと、金三郎は短い嗚咽を漏らした。

「その能役者からどんなことを聞いたのだね」

清兵衛が問うと、金三郎は岩村玄秋という能役者から聞いたことをそっくり話した。

「その玄秋という者は、半四郎とよほど仲がよかったのだろう。身贔屓をしたがるのはわからぬでもない。それも人だ。されど、真実を覆すことはできぬ。おぬしには辛いことであろうが……」

「兄上はやさしい人でした。弟思いのいい人だったのです」

「そうであろう。しかしなあ金三郎、自分の妻を寝取られた挙げ句殺されてしまった甚兵衛の無念さはどうであろうか？　また無理矢理手込めにされ、目の前で夫を殺された冬の気持ちはどうであっただろうか？　兄を庇《かば》いたい気持ちはわかるが、その夫婦のことを考えたことがあるかね」

金三郎はハッと顔をあげた。

「人は誰しもふたつの心を持っている。良心と悪心だ。だが、罪を犯す者の多くはそのとき善悪の重さを忘れている。むろん、悪いことだと知りながら悪行をはたらく外道もいるが、皆が皆そうではないというのもわしはよく知っておる」

「わたしは………わたしは、どうすれば……」

清兵衛は目を潤ませ後悔の色をあらわにしている金三郎を眺めた。

「何をしておるのか知らぬが、真面目に生きることだ。おぬしは悪い人間ではなさそうだ。死んだ兄の分も生きて、善行を尽くせ」

「では……」

「何もなかった。おぬしはあらためて真実を知っただけだ」

金三郎は声もなく清兵衛を見て、それから深々と頭を下げ、肩をふるわせた。

九

「父上、あれでよいので……」

金三郎を帰してから、真之介が顔を向けてきた。

「よいではないか。それともおぬしは不服であるか」

「いえ、父上のお取り計らいに感心いたしました。なれど、斬りつけられたのでございましょう」

「他愛ないことよ」

「それはそうと……」

真之介が言葉を切ったのは、五つ（午前八時）の鐘音が聞こえたからだった。

「いかがした？」

「もう行かなくてはなりませぬ」

「今日は試合であったな」

「だから父上を待っていたのです。それが……」

「稽古はできなかったが、ひとつだけ教えてやる。気負って試合に臨んではならぬ。負けてもよい、今日はおのれの腕を相手に試してもらうのだという、謙虚な気持ちで立ち合え。気負えば無駄な力が入る。気の持ちようは大事なことだ」

「おのれの腕を相手に試してもらう……」

真之介は鸚鵡《おうむ》返しにつぶやいた。

「さよう。相手の胸を借りるつもりでやってこい」

清兵衛はそういってにっこりと微笑んだ。

「気の持ちようですか」

「心を楽にするということだ。さあ、支度をしなければならぬのではないか」

「あ、そうでした」

真之介はバタバタと足音を立てて奥の寝間に入った。

「はあ、やれやれだ」

清兵衛は開け放たれている縁側の向こうを見た。

すっかり明るくなっている。空には真っ白い雲が浮かんでいた。

「さて、わしは去《い》のう」

清兵衛は誰にいうともなくつぶやいて立ちあがろうとした。その途端だった。

「うっ……」

うめいたと同時に、片手を尻にやった。

（またか）

内心でつぶやき、顔をしかめ、尻を庇うように立ちあがる。医者に激しい運動はならぬと注意されていたのに、先刻、激しい動きをしたあれがいけなかったかと思うが、痛みはすぐ引きそうにない。

（膏薬《こうやく》を……早く家に帰って膏薬を……）

ぎこちなく歩いて廊下に出たとき、着替えを終えた真之介が颯爽とやって来た。

「父上、相手の胸を借りるつもりでやって来ます。どうぞゆっくりしていってください。ではお先に……」

意気軒昂な顔で真之介は玄関を出て行った。

「ああ、気張ってこい。うっ……」

清兵衛は真之介を見送って、壁に背中を預け、片手を尻のほうに伸ばした。

第三章　迷える髪結い

一

「ああ……」

千代《ちよ》の口から愉悦の声が漏れた。

平次《へいじ》は行灯《あんどん》のうす明かりに浮かぶその白い顔を眺める。千代は四十の大年増だが、すべすべとした白い餅のような肌をしている。小振りの口が小さく開けられ、そこに赤い舌がのぞいている。

平次は自分の舌をその舌にからませた。片手で千代の乳房をやさしく撫で、もう一方の手で太股からその付け根に指を這わせる。

「いや、平さん……」

千代が両腕を平次の首にまわしてきた。平次は千代の首筋から顎に、そして頬に舌を這わせた。さらに、舌先で耳をねぶった。千代の喘《あえ》ぎが一層高まり、大きな吐息を漏らす。

「平さん、平さん」

甘いささやき声で平次を呼び、両足で平次の腰を挟んだ。平次は千代の普段の顔も好きだが、こうして悦《よろこ》ぶときの色っぽい顔がもっと好きだった。

「どうしていいのかしら。平さんなしではもういられないじゃない。あ……。もう、意地悪しないで、は、早く……は、や、く……」

平次は誘いを受けて千代に迎え入れられる。

「あっ……」

千代が小さな声を漏らすと、平次は先を急いだ。千代もそれを望んでいる。

どこかで犬の遠吠えがしていた。

路地にひびいていた下駄音がゆっくり遠ざかる。

カラン、コロン、カラン、コロン……。

行灯の芯がジジッと鳴った。

一糸まとわぬ姿で夜具の上で睦《むつ》み合っていた二人は、そのまま仰向けになって呼吸を整えた。平次は天井を凝視したまま、千代と手をつないで指をからませた。

「平さん、逃げるつもりなの？」

千代が顔を向けてくる。そのまま平次の胸に顔をのせた。

「逃げなきゃ殺されるかもしれねえ」

「でも、相手は平さんには気づいていないんじゃないの」

「わからねえ。ひょっとするとおれを捜しまわっているかもしれねえ。それがおっかないんだ。千代とこうしていっしょにいるときは安心できるが、もうこの辺じゃ商売もできない」

「御番所に知らせたらどう？」

「そうしたいさ。だけど、おれが知らせたことがわかったら、どうなると思う？」

「…………」

「きっと無事ではいられない。相手は泣く子も黙る音松《おとまつ》一家のやくざ。根津《ねづ》の虎《とら》蔵《ぞう》が捕まったとしても、子分は他にもいる。もし、おれが御番所に知らせたことがわかれば、おそらく無事にはすまないだろう」

「それじゃどうすりゃいいのさ。わたしはどうなるのよ。わたしをひとりにしてどっかに行くなんて、そんなのいやだ」

千代は抱きついてくる。

「どこにも行かせたくない」

「殺されたらどうする?」

「そんな……。でも、どうしてそんなに怖がるの? あんたは見ただけじゃない。見ていたのを気づかれたわけじゃないでしょ」

「わからねえ。その自信がないんだ」

平次はまばたきもせずに天井を凝視した。目撃したときのことが脳裏に甦る。

それは二日前の晩だった。

場所は浅草誓願寺《せいがんじ》門前町だった。通りの反対側は本願寺《ほんがんじ》の長塀で、夜ともなれば人通りの少ないところだ。

その日、平次は門前町の長屋に住まう伝兵衛《でんべえ》という年寄りの家に呼ばれて、酒を馳走になっていた。女房に先立たれたばかりの伝兵衛は淋しさを紛らわすために、このところよく平次を呼んでくれていた。

伝兵衛の髪も半年前に先立った女房の髪も、平次が結っていた縁で親しくなったのだ。

いい心持ちになったところで、平次は伝兵衛の家を出たのだが、木戸口のそばまで来たとき、なにやら尋常でないドスの利いた声が聞こえた。

「ぶっ殺すといったばかりじゃねえか。ええ、それを……」

凶悪な科白に平次は足を止めて、表の通りをのぞき見た。

明るい月の晩なのですぐ近くに四人の男がいるのがわかった。ひとりはいかつい体をした男に強く顋をつかまれ、頭を誓願寺の塀にゴリゴリと押しつけられていた。

「おれを甘く見るんじゃねえぜ」

いかつい男はそういうなり、顋をつかんでいた男の腹に何かを刺し込んだ。男はうめき声も漏らせず、膝からくずおれた。

「へん、ざまァねえや」

いかつい男はそういうと足許に倒れた男にペッと唾を吐き、右手に持っていた匕首を倒れている男の着物でぬぐった。そのとき、月明かりにいかつい男の顔が浮かんだ。

（あれは、根津の虎蔵……）

平次はゴクッと生唾を呑んだ。蛇蝎《だかつ》のごとく嫌われている音松一家の子分だ。

音松一家は音松という男が仕切っている。「鬼坊主」と渾名《あだな》される怖ろしいやくざで、渾名どおり坊主のように頭を剃り立てていた。

音松一家は浅草界隈の店からみかじめ料を取り立て、川普請《ぶしん》や道普請などの土木工事に不正に介入し、盾突く者がいればひそかに闇に葬るという噂があった。実際、音松の意に沿わぬ大工の棟梁や人足頭がいつの間にか姿を消したことがあった。

誰もが音松一家に殺されたと思っていたが、それを口にして、一家に知られたら自分の命も危ない。だからみんな黙っている。

しかし、平次はその音松の子分・根津の虎蔵が人を刺したのを見た。

(殺されたのだろうか……)

凝然と目をみはったままその場から動くことができなかった。そして、地面に倒れている男もぴくりとも動かないでいた。

「行くぞ」

虎蔵が仲間に顎をしゃくったときだった。平次が恐ろしさに下がろうと足を動かすと、地面に転がっていた棒きれを踏んで転びそうになった。慌てて何かをつかもうとしたが、板壁をたたいて尻餅をついた。

板壁をたたいた音と、自分が尻餅をついた音がやけに大きく聞こえた。平次は顔を凍りつかせて路地奥に逃げた。背後で足音がした。追われていると思って恐怖しながら長屋の厠の扉を開けると、そこにしゃがんでいたおかみがギョッと顔を振り向けて、

「きゃあ！」

と、悲鳴をあげた。

平次はバタンと閉めると、そのまま裏の木戸口へ駆けて、夜の闇に姿を消した。

「おれは厠に入っていたおかみに顔を見られている」

平次は現実に立ち戻ってからつぶやいた。

「ちょっとのことだったのでしょう。それに暗い夜だったのだし、顔は覚えられていないわよ」

千代は気休めをいうが、平次は気が気でない。

「そうだったとしてもあいつらが伝兵衛さんに聞き込みをしていたら、おれだったってことがわかるじゃないか」

「あんたも気の小さいことを……二日前なのに、何もないじゃない」

何もないのは平次が仕事に出ないで、千代の家にしけ込んでいるからだ。

「だけど、あの晩殺された男のことはわかっている」

「柏木《かしわぎ》の猪吉《いのきち》という花川戸の博徒一家の子分だったわね。町方が調べているから、あんたが見た虎蔵たちは逃げているんじゃないの」

「だといいけど、そうじゃなかったら」

平次はぶるっと体をふるわせた。

二

「ご隠居も相変わらずで何よりです」

清兵衛に話しかけるのは南八丁堀の岡っ引き・東吉《とうきち》だった。短い足を片膝にのせて貧乏揺すりをしている。甘味処「やなぎ」の床几だった。

「親分も変わりなく何よりだ。それにしても今日は暇そうではないか。何か面白いことはないかね」

清兵衛は茶を飲んで東吉を見る。太眉に三白眼はいかにも悪人顔だが、真面目に役目を務めている。

「面白いことはねえけど、物騒なことはありましたよ」

「ほう、どんなことだね」

東吉は清兵衛が元北町奉行所の与力だというのを知らない。その辺の隠居侍と信じている。清兵衛もそのほうが気が楽だった。

「おりゃあ元は大工でした。そんな話をしていませんでした」

「職人だったか……。それがどんなきっかけで手札を預かるようになったんだね」

東吉は南町奉行所の久世平之助《くぜへいのすけ》という定町廻り同心から手札を預かっている。清兵衛は久世のことを知っているが、久世が自分のことを覚えているかどうかはわからない。

「喧嘩ですよ。いま考えりゃつまらねえ喧嘩でした。だけど、その喧嘩がもとで久世の旦那と知りあうことになったんです。人生なんてどこでどうなるかわからねえもんですね」

「親分にしてはめずらしく風流なことを……。それで物騒なことというのはなんだね」

清兵衛は話を元に戻した。

「おりゃ浅草のほうで大工をやっていたんだけど、おれを差配していた棟梁がやくざに脅《おど》され痛い目にあったんです。まあ仕事を横取りされたってことだけど、相手が悪かった。怒った棟梁が怒鳴り込むと、反対にどやしつけられた挙げ句、取りかかっていた普請場を荒らされちまったんです。それで雇っている大工らもそのやくざの子分らに脅され、仕事に来なくなった。棟梁はそれで干上がっちまった。いまは何とか元通りになったらしいですが……」

「いつのことだね」

「もう二、三年前ですかね。いや、話はそういうことじゃねえんだ。ひと月ほど前に浅草誓願寺のそばで殺しがあったんです。殺されたのは長五郎《ちょうごろう》という花川戸の博徒一家の子分です。仲間内じゃ柏木の猪吉と呼ばれていた男でしてね。下手人はわかっていねえが、おれの旦那は音松一家の仕業《しわざ》だとにらんでいます。ところがさっぱり証拠が挙がらねえ。見たやつもいねえ。だけど、殺された猪吉と音松一家が揉めていたのはわかっているんです」

「やくざ同士の喧嘩か……。そんなことには関わりたくないね」

清兵衛は茶を飲む。

近くの湊稲荷の境内から高囀りをする鶯の声が聞こえてきた。

「音松一家ってェのは質が悪いんです。盛り場でみかじめは取るわ、町普請の仕事を横から入り込んでぶんどっていくわ。文句をいったり盾突けば、命を狙われ、その身内が危ない目にあう」

「ひどいやくざだね」

「親分の音松は怖ろしいやつですよ。頭を剃り上げているから〝鬼坊主〟という渾名があるんですが、その子分らも一癖も二癖もある。おれもあの一家とは関わりたくねえが、旦那が調べをしているんで、ときどき助《すけ》仕事をしています」

「親分の旦那さんが調べているというのは、ひと月ほど前の殺しのことかい」

「ああ、そうです。猪吉を殺したのは、音松一家のはずなんだが、さっぱり証拠がなくてね」

やれやれだ、と東吉はため息をつく。

「人殺しの調べは大変だろうけど、早く下手人が捕まればいいね」

そういうと、東吉が真顔を向けてきた。

「ご隠居、何か聞いたり気づくことがあったら教えてくれませんか。猫の手も借りてェぐらいなんです」

「力になれるならいいが……」

「ご隠居じゃ無理か」

東吉はぽんと膝をたたき、床几から立ちあがった。

「もう行くのかい？」

「こんなところで油売っているほど暇じゃありませんからね」

東吉はそのまま稲荷橋をわたって本八丁堀のほうへ歩き去った。

「音松一家……」

清兵衛はぼそりとつぶやいて、遠くの空を見たが、音松一家については何も知らない。おそらく新興のやくざだろうと思った程度で、茶を飲んでいつもの散歩をするうちに音松一家のことはすぐに忘れてしまった。


「あなた様、髪結いのほうはいかがされます？」

自宅屋敷に帰るなり、安江がそんなことをいってきた。

「髪結い……乱れているかね」

清兵衛は自分の髷に手をあてた。与力時代は小銀杏に結っていたが、いまは普通の結い方だ。

「いいえ、近くに越してきた平次さんという髪結いが挨拶に見えたんです。安くしておくので贔屓にしてもらえないかって……」

「そういうことか。いや、間に合っているよ」

「でも、最初は腕を見てもらうために、ただでいいとおっしゃるの。気に入ったらまた頼んでくれればいいからと……」

「ずいぶん熱心な髪結いだね」

「ご用はないですか？　またあなた様が、留守の間に見えたら返事をしなければなりませんから」

「結構だ。間に合っているよ」

清兵衛はそのまま座敷を素通りして縁側に行って庭を眺めた。小さな庭には夏の花が日の光に包まれていた。数株の紫陽花《あじさい》に萩の花。垣根の日陰になっている場所には露草が見られた。蜜蜂やもんしろ蝶が飛んでいる。顔の近くを小蠅も飛んでいた。

「あなた様」

安江が背後から声をかけて、そばにやって来た。

「わたし、さっき話した平次さんという髪結いが見えたら結ってもらおうかしら」

安江は自分の髪を両手で押さえるようにして顔を向けてくる。

若い頃に比べるとしわも増え、肌艶も衰えたが、おそらく美人の類《たぐ》いだろうと、清兵衛は内心で思う。

「試しにやってもらったらいいだろう。でも、それ以上女ぶりをあげていかがする」

「ま」

安江は照れたように、ぽんと清兵衛の肩をたたき、

「心にもないことを……」

といって、台所に下がっていった。まんざらでもない顔であった。

（いや、ほんとうだよ）

清兵衛は内心でつぶやく。

三

平次はその日の仕事を終え、新たな住まいとなった長屋に戻った。新居は南八丁堀五丁目にある有造店《ゆうぞうだな》だった。大家の有造は気さくで、いろいろとためになる話をしてくれる男だった。

それは、どこどこの家を訪ねると客になってくれるかもしれない、ということ

だった。髪結い稼業にとってこんなありがたいことはない。

その勧めに従ってこれまで十人の客がついた。今日も新しい家を訪ねて、売り込みに行き、また三、四人は客がつきそうな感触があった。

髪結い道具を入れた鬢盥《びんだらい》を引き寄せると、櫛や刷毛や髷棒をたしかめた。汚れている櫛や髷棒があれば、古布できれいに拭き取る。それは職人としての最低限の心得だ。

まだ、腰高障子には日没前の光があたっていた。表から子供やおかみ連中の声が聞こえてくる。

ここはよいところだ。住みやすいところに越してきてよかったと思う。

ただ、名残惜《なごりお》しいのは千代と別れたことだ。千代は小料理屋を営んでいるから、家移《やうつ》りしても遊びに来るよといってやったが、もうその気はなかった。浅草に戻ればどんな災いが身に降りかかるかしれない。

それが怖くて仕方なかったが、だんだん日がたつにつれ恐怖感は薄れ、この地でしっかり仕事をしようと肚を決めていた。

ただ夜になって夜具に横になったとき、千代の肌が恋しくなるが、相手は自分より十歳も上の大年増だ。なに、もっと若い女を見つければいいのだと、自分にいい聞かせる。

道具の手入れを終わらせると、ぶらりと長屋を出た。越してきたときは、出費が多く余裕がなかったが、いまは贔屓の客もつき、少し懐があたたかい。たまには酒でも飲もうと思った。

日暮れの通りには仕事帰りの職人や買い物をしている町屋のおかみ、使いに出された子供たち、そして侍の姿もあった。通りの南側には大名屋敷がある。侍はその屋敷の勤番たちがほとんどだった。

浅草と違い、この土地は落ち着いた雰囲気があった。町をぶらついて見つけた居酒屋があったので、早速暖簾《のれん》をくぐった。

どこにでもある縄暖簾で、酒も肴も手頃な値段だった。平次は酒をつけてもらい、鯵の干物とぜんまいの煮物をもらった。

ぜんまいの煮物がうまい。煮浸しのぜんまいに、人参の薄切り・糸蒟蒻《こんにゃく》・油揚がまぶしてあり、いい味なのだ。酒の肴にもいいが、飯のおかずにもよさそうだった。

感心してつまみ、酒を飲んでいると、壁際に座っていた年寄りが近づいてき、

「あんた、もしや……」

と、不思議そうな顔をする。

「なんでしょう？」

「もしや、もしや魚住平蔵《うおずみへいぞう》さんのお倅ではないかい」

平次は目をまるくして、相手を見た。覚えはないが、年寄りは父親の名前を口にした。

「親父をご存じで……」

「存ずるも何も隣に住んでいた。鈴原喜兵衛《すずはらきへえ》だよ。覚えていないか？」

平次はまじまじと相手を眺めた。幼い頃の記憶がわずかに甦ってきた。

「お隣に住んでらっしゃった鈴原のおじさんですか？」

顔は忘れているが、靄がかかったような記憶はあった。

「それじゃやっぱりそうだ。平次郎《へいじろう》だな。そうだな」

「あ、はい」

平次の本名は魚住平次郎である。髪結いになってから「平次」と名乗るようになり、それが通称だった。

「なんでこんな所にいるんだね？」

鈴原喜兵衛は自分の席に行き、酒を持って戻ってきた。

平次は下級御家人だった父の跡を継がず、町人になり、髪結い修業をして、やっと一人前になったことをざっと話してやった。

「そうだったかい。髪結いにねえ。いや、それにしても懐かしいねえ。おまえさんがこんな小さい、よちよち歩きの頃は手をつないで歩いたこともあるんだよ」

そんなことをいわれても記憶はなかった。おそらく二、三歳の頃のことだろう。

平次は本所の生まれで、本所で育った。貧乏御家人の集まりのような土地で、どこの家も内職をしたり、ご新造《しんぞ》を料理屋の仲居に出したりしていた。

喜兵衛のことを聞くと、

「わたしは株を売って侍を捨てたんだよ。それでちょっとした商売をはじめて、まあうまくいったんだが、女房に先立たれ倅に店を譲ってのんびり余生を送っているんだよ」

と、顔をしわくちゃにする。

おそらく平次の父・平蔵より歳上のはずだ。どう見ても六十半ばにしか見えない。

株というのは御家人株のことだ。この時代は商家の者がその株を買って苗字をつけ、家の家格を上げたがった。

株の値段は身分によって様々だが、下級御家人なら安ければ三十両、高ければ百両以上の値がついた。

平次も親から譲ってもらった株を元手に髪結いになったのだ。

喜兵衛は平次の両親のことを聞いた。もう何年も前に死んだと話すと、喜兵衛は哀しそうな顔をして、

「あの土地に住んでいた者は浮かばれないねえ。みんな死んじまったかい」

と、目に涙を見せもする。

「それで商売はうまくいっているのかね」

「へえ、何とかやっております。以前は浅草にいたんですが、ひと月ばかり前にこっちに越してきまして、贔屓の客もぼちぼちついています」

「そりゃあ何よりだ」

話は弾《はず》んだ。

喜兵衛は平次が覚えていない子供の頃の話をいろいろしてくれた。記憶はほとんどないが、そんな話を聞くのは楽しかった。

「だけどおまえさんの母親だがね。あ、こんなことはいっていいかどうか……」

喜兵衛は急に口をつぐんで躊躇《ためら》った。

「何か母親にあるんですか？　もうその母も死んでいるし、わたしもいい歳です。ちょっとやそっとのことには驚きませんよ」

「そうだね。もう立派な大人だものね」

喜兵衛はそういってから、母親のことを知っていたかねと声を低めた。

「いいえ、何をでしょう？」

「おまえさんを育てたのは、お琴《こと》さんだったね」

たしかに母の名前は琴だった。

「でも、おまえさんを産んだのは、おつやさんというきれいな人だったんだよ」

平次は一瞬息を止めた。初耳だった。

「それは、ほんとうのことですか？」

信じられなかった。母の琴が自分を産んで、育ててくれたものだと信じて大人になったのだ。年に一度は、南本所の竜泉寺《りゅうせんじ》に墓参りにも行っている。

「嘘じゃないよ。おつやさんは平蔵さんに三行半《みくだりはん》を突きつけられ離縁されたんだ。おまえさんを産んで一年ぐらいしたときだったかな。すると、平蔵さんは教えてくれなかったんだ。いけないことを口にしちまったかな」

喜兵衛は申しわけなさそうな顔をした。

「いえ、教えていただきありがとうございます。それで産みの親のつやという人は、いまどこで何をしているんです？」

「さあ、それはわからない。もう三十年ぐらい前のことだからね」

四

平次は喜兵衛に会ってから産みの親のことを考えるようになった。

（血の繋がりがあるからか……それが親子というものだろう）

仕事の途中でそんなことを思う。

いつものように仕事に出、そして自分のことを売り歩く毎日だが、贔屓の客はついに二十人になった。それだけの人数がいれば十分なので、平次にはゆとりができた。

しかし、産みの親のことが気になって仕方ない。殺しの現場を目撃し、下手人の虎蔵たちに命を狙われているかもしれないという恐怖は薄れていた。

喜兵衛は産みの親であるつやのことがわかれば、教えてやるといった。先日会った「神楽《かぐら》」という居酒屋にときどき飲みに行くので、気が向いたときに来ればそのときにつやのことがわかっているかもしれないと、そうもいってくれた。

(今夜あたり神楽に行ってみようか……)

平次は茶屋の床几に座ったまま遠くの空を眺めた。

もし、つやという産みの親が生きているなら一目会いたい。自分を産んでくれた人である。話ができなくても遠くからでも、その姿を見たいと思う。

「髪結いさんだね」

突然声をかけられて、平次はハッとなって横を向いた。品のよい侍が口の端に笑みをたたえていた。

「ひょっとして最近、こっちに来て商売をはじめた人かな」

侍は言葉を足す。髪に霜は散っているが、鼻梁が高く、彫りの深い顔をしていた。おそらく五十そこそこの年齢だろう。

「さようです、平次と申します」

「ほう、そなたがそうであったか。いや、わたしの家にも来てくれたそうだね。妻から聞いているよ。あ、わたしは桜木清兵衛という。この店のすぐ先にある本湊町に住んでいる者だ」

「これは失礼いたしました」

平次が頭を下げると、清兵衛と名乗った侍は鬢盥を眺めてから、

「道具箱がきれいだ。よく手入れをしているね。感心だ」

といって、口許をゆるめた。

「商売道具ですから、手入れは怠らないように心がけています」

「ますます感心だ。すると、そなたの腕はたしかだな。ふむふむ」

清兵衛は平次と道具箱を交互に眺めた。

「あの、本湊町のどのあたりでしょうか？」

平次が問うと、清兵衛は詳しい家の場所を口にした。

「ああ、わかりました。きれいな奥様がいらっしゃるお屋敷ですね」

「屋敷と呼べるほどではないが……」

清兵衛はうまそうに茶に口をつけてから言葉を足した。

「きれいな奥様はお世辞だろうが、妻に聞かせたら喜ぶな。それに妻はそなたに一度頼まれてみようかといっておった。遠慮なく訪ねてくるがよい」

「はい、ありがとう存じます」

「どこから越してきたのだね？」

「浅草です」

「この辺より浅草のほうが人が多いから仕事になるのではないか」

平次は少し躊躇った。たしかに浅草のほうが贔屓客は多かった。町を歩いていても通りすがりに声をかけてくる客もいた。

「人が多いだけ、商売敵《がたき》も多いんです。その点、この辺は商売敵が少ないので……」

「八丁堀には結構な数の髪結いがいるが……」

「存じています。八丁堀には御番所の与力や同心がたくさん住んでいますから、それ目あてに商売をしている髪結いが多いんです。わたしはよそから来た者なので、八丁堀に行くのは遠慮していますし、おそらくお呼びもかからないでしょう」

「商売も大変だね」

「へえ、ではそろそろ行かなければなりませんので、失礼いたします」

平次は茶代を置いて床几から立ちあがった。

「遠慮はいらぬから、一度わたしの家に来なさい」

清兵衛が声をかけてくれた。

「では、近々お伺いします」

言葉を返した平次は、明日にでも清兵衛の家を訪ねようと思った。

その日の午後、三軒の家をまわって長屋に帰ると、ひょっとして今夜あたり鈴原喜兵衛に会えるかもしれないと思い、日が暮れてから「神楽」へ足を運んだ。

ちびちびと酒を飲み、刺身をつまみながら喜兵衛を待ったが、その夜はついにやってこなかった。

どこに住んでいるか聞いておけばよかったと思うが、また出直すしかなかった。

五

「ごめんくださいまし。髪結いの平次でございます」

翌朝早く玄関に声があった。

清兵衛は食後の茶を飲んでいるところだった。安江が台所から返事をして玄関に行き、平次と短いやり取りをして、縁側にいた清兵衛のところにやって来た。

「例の髪結いさんですよ。わたし、やっていただくことにいたしました」

「そんな声が聞こえたよ」

「どこでお願いしようかしら」

安江は華やいだ顔をキョロキョロさせる。

「座敷でいいではないか」

「そうですね」

安江は玄関に戻ると、平次を連れて座敷にやって来た。

縁側にいる清兵衛を見て挨拶をし、

「昨日はお話をさせていただき、ありがとうございました」

と、礼儀正しく頭を下げる。

「あの、ほんとうに今日はただでよいのですか？　ちゃんとお支払いしますよ」

安江は座敷に腰を下ろしていう。

「最初はみなさん、そうさせていただいていますからどうぞご遠慮なく。気に入っていただければ、またお邪魔させていただきますので……」

「奇特な髪結いさんだわ。では、よろしくお願いいたします」

清兵衛が茶を飲みながら庭を眺めている背後で、平次が安江の髪を結い直しにかかった。

「島田に結っていらっしゃいますが、同じ髪型でようございましょうか。奥様は髪の毛が多いほうなので、型はどのようにも変えられますが……」

「何がいいかしら」

「どんな髪型もお似合いになると思いますが、松葉返しにしてみましょうか。いかがでしょう？」

「あ、それ一度やってみたかったのですよ。お願いするわ」

安江は嬉しそうに声を弾ませる。

清兵衛は庭を眺め、畑を作ることを考える。畳一畳程度の広さで、まずは大根や芋がいいのではないかと考える。しかし、この庭の土で野菜が育つだろうかと思いもする。

昔は配下の同心が、自分の組屋敷で野菜を作っていた。あの者に教えてもらおうかと思いもする。そんなことをつらつら考えている背後で、平次と安江が話をしている。

平次はそれが商売なのだろうが、おだて上手だ。会話を途切れさせないために、うまく水を向けて安江に話をさせる。

他愛ない話だが、普段夫婦二人でいるときより楽しげである。平次は話しながらも櫛を使ったり、鋏を使ったりして髪を整えていく。梳《す》き取ったり切ったりした髪の毛は、半紙にのせている。

「わたしはちょっと出かけてくる」

暇を持て余している清兵衛は縁側から立ちあがって、二人に声をかけた。

「あら、どちらへ？」

安江は髪を結われながら目だけを向けてきた。

「近所だ。気晴らしにぶらっと歩いてくる」

「いつものことですね。行ってらっしゃいませ」

「すぐに戻ってくる」

清兵衛はそのまま家を出ると、鉄砲洲の町をひとまわりして家に帰った。どこかで種屋を見た気がしたが、鉄砲洲にはなかった。

「あら、お早いですわね。あなた様、見てください。いかがでしょう」

髪を結い終わった安江が笑顔を向けてくる。櫛目の通った髪から鬢付け油のいい匂いが漂っていた。

「ほう。よく似合うではないか」

「松葉返しにしてくださったの」

安江はニコニコ顔だ。

「旦那様は元は御番所の与力様だったのですね。立派なお武家様だと思っていたら、やはりそういう方でしたか」

　清兵衛は少し顔を引き締めて、安江を見た。いらぬことを話しおってと、腹の内でぼやく。

「平次といったな。そのこと黙っていてくれぬか。そのことが知れると、町の者が急にちがう目で見てくるし気を使うようにもなり、堅苦しくなる。わたしはそんな付き合いを町の者たちとしたくないのだ」

「おっしゃることはわかります。承知いたしました」

「頼むぞ」

「はい」

　平次は殊勝な顔で返事をしたが、鬢盥を持とうとした手を止めて、

「あの……」

　と、言葉を切って清兵衛を見てきた。

「何だね」

「……あ、いえ、何でもありません」

　平次は何かいいかけたが、そういって立ちあがり、

「もしお気に入られたら、またお願いいたします」

と、頭を下げて帰って行った。

「腕のよい髪結いさんですわ」

安江は満足げな顔で結い直してもらったばかりの髪をさわり、

「さっきはどちらへ行ってらっしゃったのかしら」

と、思い出したように問うてきた。

「種屋が近所にあると思ったのだが、なかった。どこかで見た気がしたのだがな」

「この辺では見かけたことありませんわ。種屋だったら巣鴨のほうに多いと聞いたことがあります」

「巣鴨……」

鸚鵡返しにつぶやいた清兵衛は、たしかに巣鴨には種屋が多かったと思いだした。暇潰しに、たまには遠出もいいかもしれない。

「行ってみるか」

「あら、これからですか？」

「近いうちにだ」

清兵衛はそう応じてからまた縁側に腰を下ろしたが、平次が帰る間際に何かいいかけたことが気になっていた。

（あの男、何をいいたかったのだ……）

六

平次はその日の夕刻、鈴原喜兵衛を見かけた。偶然ではあるが、会いたかっただけに、「喜兵衛さん」と声をかけて追いかけた。

そこは大富町《おおとみちょう》の外れで、喜兵衛は真福寺橋をわたろうとしていたが、声に気づいて振り返った。

「おお、平次郎か。おまえさんを捜していたのだよ」

「わたしも喜兵衛さんに会いたかったのです」

「わかったよ」

「へっ、産みの親のことでしょうか」

「そうだ」

「で、どこにいるのです？　元気なんでしょうか？」

「元気に暮らしておられる。立ち話も何だ。そこの茶屋で話そう」

喜兵衛は橋のそばにある茶屋へ促した。

「おまえさんに会ってから、ちょいと調べてみたんだよ。おつやさんは、おまえさんの親父殿と離縁したあとで、宮野《みやの》郁《いく》右衛《え》門《もん》様とおっしゃる旗本の後添いになっておられた」

「旗本の……」

平次は目を輝かせた。

「そうだ。貧乏御家人のご新造から旗本の殿方の奥方になっておられた」

「どこにお住まいです？」

「深川森下町《もりしたちょう》だ。そこまではわかったが、お屋敷の詳しい場所はわからぬ」

平次は茶屋の床几に座ったまま深川の方角に目を向けた。

「こういっちゃなんだが、産みの親とはいえ、身分がちがう。会いに行って喜んでくださるかどうかわからぬ。わたしが余計なことをいったばかりに、妙なことになってしまったが、会いに行っても詮無いことのような気がする」

平次は足許に視線を落とした。たしかに喜兵衛のいうとおりかもしれない。しかし、産みの親がわかったのだ。どんな母親なのか会ってみたい。会えずとも遠くから見るだけでもよい。

「会いに行くか、行かぬかは、おまえさんが決めることだが……」

「血の繋がった親なんです」

平次はしわ深い喜兵衛の顔をまじまじと見つめた。

「そりゃそうだが……いまのおまえさんを見てどう思われるか、そのことが気になるのだ。下手に会ったばかりに、迷惑をかけることになったらと思いもする」

「なぜ迷惑に……」

「おつやさんはおまえさんの父親に捨てられた人だ。自分が産んだ子だとしても、育ての親はちがった。おまえさんは何も知らずに育ったが、おつやさんはおまえさんの父親だった平蔵さんを、快く思っていなかったはずだ。それに髪結いになった倅が急に、あなたの子ですといって目の前にあらわれたら戸惑われるだろう」

「わたしは何も望むことはないのです」

「もし、おつやさんがおまえさんに会うのを望んでいなかったらどうする？」

「それは……」

「おそらくおつやさんには子がおありだろう。しかし、おまえさんは父親ちがいの子だ。おつやさんの子が知ったらどうなる？　喜んで受け入れてくれるだろうか……わたしゃそのことを考えるのだよ」

「それじゃ会いに行かないほうがいいと……」

喜兵衛は首をゆっくり縦に振った。

「この前おまえさんに会って、おつやさんのことを話しちまったが、あとで黙っておればよかったと後悔したのだ。あのときは嬉しさと懐かしさもあり、また酒を飲んでいたせいもあり……」

「いえ、わたしは教えてもらってよかったと思います。大事なことではありませんか。何も知らずにこの先生きていくよりも、真実を知ることはよいと思います」

「そうか……」

喜兵衛は「ふう」と、ひとつため息をついて、夕暮れの空を眺めた。

「会いに行くかどうか、それはわかりませんが、会いたいという気持ちはあります。名乗らずとも、ほんとうの母親を見てみたいと思います」

喜兵衛が顔を向けてきた。

「そうだね。あとはおまえさんが決めることだ」

喜兵衛はぽつりとつぶやくような声を漏らした。

「ところで喜兵衛さんはどちらにお住まいなので？」

「その先の炭町《すみちょう》だよ。独り暮らしだが、倅夫婦に譲った店の隣だから不自由することはない。あ、店というのは股引《ももひき》の仕立屋だよ。本所にいるとき、その内職をしていたので株を売った金でこっちに店を出したんだ。だけど、わたしも耄碌《もうろく》したからねえ」

喜兵衛は苦笑いをして、暇なときに遊びに来いといった。

茶屋の前で喜兵衛と別れると、平次は自分の長屋に足を向けた。もう日が落ちかかっており、町屋には薄靄のような煙が漂っていた。夕餉の支度をしている家が多いから、竈《かまど》から出る煙だった。

平次は産みの親であるつやに会いに行こうか、どうしようか迷っていた。会ったところでどうなるものではない。喜兵衛がいうように迷惑がられたら、気落ちするだろう。

それでも顔だけでも見たいと思いもする。

長屋の木戸口まできたときだった。平次はギョッとなって足を止めた。自分の家のそばに、長屋の者ではない男が二人立っていた。

見るからに与太者風情《ふぜい》である。たしかめるまでもなく音松一家の子分だとわかった。浅草にいるときに何度も見かけた男たちだ。

平次は顔をこわばらせたまま、ゆっくり後ろに下がった。

（まさか……）

音松一家は自分の居場所を突き止めたのだ。

（どうやって？）

疑問はあるが、いまここで見つかったらとんでもないことになりそうだ。

平次は心の臓をドキドキいわせながら、あたりを見まわした。どこかに隠れて様子を見るしかない。

足袋問屋の横から脇路地に入り息を殺し、自分の長屋の木戸口を見た。まだ男たちは出てこない。どうしてここがわかったのだろうかと考えた。

千代は家移りしたことは知っているが、越してきた場所は教えていないし、浅草を出てから会ってもいない。それなのに、音松一家の子分たちが自分の長屋に来た。

（なぜ？）

内心で問うが答えなどすぐには出ない。ここしばらく産みの親のことを気にかけていたので、音松一家のことは考えていなかった。

見つかればただではすまないはずだ。最悪の場合、殺されるかもしれない。

どうしたらいいんだ、どうしたらいいんだと、何度も同じことを胸のうちで繰り返した。

七

音松一家の子分が長屋を出ていったのは、小半刻（約三十分）ほどたってからだった。

平次はずっと暗がりに立ちつづけていたが、歩き去る二人の後ろ姿を見送り、それでもなお注意をしながら自分の長屋に戻った。

腰高障子を閉めてすぐだった。コンコンと戸がたたかれたのだ。平次は一瞬にして凍りついた。

「平次さん、帰ってきたんだろ」

声がかかった。

平次はふうっと大きく息を吐き出し、胸を撫で下ろした。声の主は隣のおかみだった。戸を開けると、まん丸い顔のおかみが立っていた。いつもはにこやかな女だが、いまはその顔がこわばっていた。

「どうしました？」

平次の声はかすかにふるえていた。

「あんた、何かしたのかい？　ずいぶん柄の悪い男たちがやって来て、あんたのことをあれこれ聞いて帰っていったけど……」

「あれこれって？」

「どこで商売をしているとか、いつも何刻頃帰ってくるとか、何刻頃出かけていくとかそんなことだよ。言葉つきはおとなしかったけど、見るからに悪そうな男たちだったよ」

平次は生唾を呑み込んだ。

「それで教えたのかい？」

「まあ、だいたいのことを」

平次は戸の外に顔を突き出して、木戸口を見た。またあの二人が戻ってきそうな気がして、落ち着いていられない。

「また来るといって帰っていったけど……」

「また来るっていったのかい？」

「うん。どうしてもしなければならない話があるといっていたわ」

平次は冗談じゃないと、胸のうちで吐き捨てた。話なんかしたくないし、会いたくもない。だが、あの二人はこの家を突き止めている。

「そう。おれにはよくわからないけど、迷惑をかけたんじゃないだろうね」

「そんなことはないけど……大丈夫なの？」

「心配してくれてすまないね。何でもないよ」

強がりをいうと、おかみは自分の家に戻っていった。

平次は落ち着かなかった。もうこの長屋にはいられないと思いもする。明日の朝、またあの子分たちがやって来るかもしれない。いや、夜中に来られたらどうしよう。

逃げるべきだろうが、どこへ逃げるか、それが問題だった。平次は狭い家のなかで立ったり座ったりを繰り返した。

どうしたらよいか考えがまとまらない。わかっているのは、自分は追われているということだ。捕まれば殺されるかもしれない。

（逃げなきゃ……）

平次はすっくと立ちあがると、鬢盥を持って長屋を出た。

玄関に訪《おとな》う声があったのは、夕餉のついでに晩酌をすませた清兵衛が寝間に入ってすぐだった。安江が返事をして玄関に行く気配があった。

清兵衛は寝るにはまだ早いが夜具を延べ、行灯を枕許に引き寄せ、読みかけの本を手にしたとき、襖が開いて安江があらわれた。

「あなた様、髪結いの平次さんが見えたのですけど、何だか様子がおかしいのです」

「様子がおかしい……」

「あなた様に相談したいことがあると、妙に畏まっているんです」

「何であろうか。とにかく座敷へあげなさい」

清兵衛が座敷に移ると、平次がこわばった顔でやって来て腰を下ろした。昼間は楽しそうに安江の髪を結っていたが、いまは深刻な顔をしている。

「相談があるらしいが、いったい何だね」

「困っているんです」

平次はそういって少しもじもじしたあとで、

「殺されるかもしれないんです」

と、まっすぐ清兵衛を見た。

「殺される？　どういうことだね」

「話せば長いのですが、誰に相談したらよいか、どうすればよいか、ずっと悩んでいたんです。じつはわたしが浅草からこっちへ越してきたのには、わけがあるんです」

そこへ安江が茶を運んできた。

「妻に聞かれたら困ることかね」

清兵衛は安江と平次を見る。

平次は安江をちらりと見てから、

「いいえ、こうなったら何もかもお話しします」

そういってから、ひと月ほど前に殺しの現場を見たことを話した。

清兵衛はすべてを聞いたあとで口を開いた。

「なぜ、すぐに届けなかった？」

「もしわたしが訴えたことが音松一家に知れたら、ただではすまないと思ったんです。証人として町方の旦那に話をし、御番所にも行かなきゃならないでしょう。そうなれば、すぐにわたしのことが音松一家に知れます。あのやくざ一家はほんとに怖ろしいんです」

「音松一家……」

清兵衛はつぶやいたあとで、岡っ引きの東吉から聞いたことを思い出した。つまり、平次は東吉が関わっている殺しの一件を見ていたのだ。

「しかし、おまえさんがその殺しを見たというのを相手は知らないのではないか？」

「それはわかりません。あのとき、わたしは怖ろしくて逃げようとしたんですが、足許の棒きれを踏んで気づかれたんです。そして長屋の厠に隠れようとしたら、そこにおかみが入っていて顔を見られています。音松一家がそのおかみから話を聞いて、わたしに気づいたのかもしれません」

「うむ」

清兵衛は腕を組んだ。

「おかみが見ていなくても、あの晩わたしはその長屋に住んでいる伝兵衛という年寄りに呼ばれ、酒を馳走になっていました。音松一家が伝兵衛さんから話を聞いていれば、やはりわたしのことが知られたはずです」

平次の顔色はよくない。それは恐怖によるせいだと清兵衛にはわかる。

「御番所に柏木の猪吉殺しの一件を告げれば、おまえさんは音松一家から命を狙われる、あるいは殺されると危惧《きぐ》した。理不尽な仕返しが怖いから黙っていた。

さようなことだな」

「おっしゃるとおりです」

「そして、今夜その音松一家の子分がおまえさんの長屋を訪ねてきた」

「ご迷惑だというのは承知していますが、こんなことを誰に相談すればよいかとよくよく考えてお伺いしたのですが……」

「あなた様、これは由々しき一大事ではございませんか」

そばで話を聞いていた安江が口を挟んだ。真剣な顔つきだ。

「わかっている。さようなことであったか」

独り言のようにつぶやく清兵衛は、今日の昼間、平次が何かいいかけて口をつぐんだことを思いだし、あれはこのことだったかと納得した。

「わかった。何とかしよう」

「お願いいたします」

平次は深々と頭を下げた。

八

音松一家の報復を怖れている平次を自宅屋敷に匿った清兵衛は、翌朝すぐに動いた。

まずは八丁堀の組屋敷に住んでいる、南町奉行所の定町廻り同心・久世平之助を訪ねた。

東吉を岡っ引きに取り立てた同心だ。

「桜木様……」

平之助は少し驚き顔をした。清兵衛と顔を合わせるのは久しぶりだが、

「お噂はかねがねお聞きしておりました」

と、いって座敷にいざなった。

「他でもない用でまいった。じつは東吉という岡っ引きから聞いたのだが、浅草で起きた殺しを調べているな」

「柏木の猪吉殺しでしょうか」

「その一件、片はついたのかね」

落着していれば他のことを考えなければならない。清兵衛はひたと平之助を見る。四十前後で肩幅が広く、月代《さかやき》も顔もよく日に焼けている。腹の据わった切れ長の目は鋭く、唇の厚い男だった。

「まだついていません。下手人とおぼしき疑わしき者は何人かいますが、決めつける証拠がないのです」

「疑わしきやつとは音松一家の者ではないか」

平之助の眉がぴくっと動いた。

「なぜ、そのことを……」

「下手人を知っているからだ」

平之助の目がくわっと見開かれた。

「まことでございますか」

「殺しの場を見た者がいる。されど、その者は音松一家の仕返しを怖れて逃げている。その者とはちょっとしたことで知り合ったのだが、猪吉殺しを訴え出れば、自分が殺されると思っているのだ」

「下手人は……？」

「根津の虎蔵だ。ほかに二人の仲間がいたらしいが、名前はわからぬ」

「やはり、そうでしたか」

平之助は悔しそうに唇を噛み、切れ長の目を光らせた。

「殺しの場を見た者に会って話を聞くことはできますか?」

「できるが、ひどく音松一家を怖れている」

「音松は凶悪なやくざです。その子分たちも極悪非道の者ばかり。怖れるのはわかります」

「その者は髪結いの平次というが、平次のことを表沙汰にするのを控えてもらいたい」

「承知しました。桜木様のお考えはわかります。それで、その平次は……」

「わたしの家に匿っている。会って話を聞くとよい」

清兵衛はそのまま平之助を自宅屋敷に案内した。平之助には小者と中間がついてきたが、二人は表に待たせ、平之助を家に入れて平次に会わせた。

平次は平之助に会うなり、極端に萎縮《いしゅく》した。顔が紙のように白くなり、両膝をふるわせるほどだった。

「平次、怖がることはない。おぬしの身は何が何でも守る。久世を信用し、見たことを包み隠さず話すのだ」

清兵衛は平次の緊張を和らげるように声をかける。

「は、はい」

「桜木様のおっしゃるとおりだ。何があっても、音松一家にはおぬしに指一本触れさせぬ。証人としてお白洲《しらす》に出ることで、おのれのことが音松一家に知れるのではないかと思っているかもしれぬが、たとえお白洲の上に出ても、音松一家の者とは顔を合わせぬようにいたす。むろん、おぬしのことも伏せる。懸念無用だ」

「そんなことができるので……」

「できるから申すのだ。約束いたす。話をしてくれ」

平次はようやく安堵したのか、それならばと前置きをして、柏木の猪吉殺しを見たときのことを話した。

「猪吉を殺したのは、根津の虎蔵だったのだな」

平之助はすべてを聞き終えたあとで、あらためてたしかめた。

「間ちがいありません。他に二人いましたが、その男たちのことはわかりませんが……」

「いや、十分だ。これで虎蔵も一巻の終わりだ。音松一家も潰してやる」

「証拠はいかがする？」

清兵衛だった。

「平次の証言が何よりの証拠です。それに、猪吉と音松が揉めていたのもわかっています。賭場を荒らす音松は、再三苦言を呈す猪吉を目の敵にしており、白昼の路上で罵り合うのを町の者たちが何度も見ています。音松一家を一網打尽にすれば、それまで黙っていた町の者たちも音松のはたらいてきた数々の悪事を話すはずです。平次のことは伏せておきますが、これでやつらを締めあげることができます」

「平次、さようなことだ。あとは久世にまかせておけばよい」

「はい」

平次は緊張の面持ちで答える。

「これから乗り込むのかね」

清兵衛は平之助を見た。

「早速捕り方を仕立て、虎蔵はもちろんのこと、音松を押さえます」

平之助はそういうと、平次を見て「安心いたせ」と言葉を足し、

「助かりました」

と、清兵衛にいって腰をあげた。

「あ、ちょっと待ってくれ。東吉のことだが」

「何かあやつが……」

「あの者には、わたしのことを伏せておいてくれぬか。東吉はわたしをただの隠居侍だと思い込んでいる。そう思わせておくほうが、向後も付き合いやすいのだ」

「さようなことならお安いご用です」

平之助が去って行くと、平次は大きな安堵の吐息をつき、

「桜木様、助かりました。さっきまで生きた心地ではなかったのです」

と、清兵衛に頭を下げた。

「まだ不安は去らぬだろうから、二、三日はここにいなさい」

九

翌日は雨が降った。

清兵衛はいつもの散歩を取りやめ、暇を持て余している平次に髪を結ってもらった。

「よく降りますね」

平次は髪を結いながら表を見てつぶやく。

「もうその時季だからな」

「桜木様、小銀杏に結ってみますか？」

「いいや」

清兵衛は首を振って言葉を足した。

「もう与力ではないのだ。普通の髷でよい」

「わたしは一度結ってみたかったのですが……」

「八丁堀の組屋敷をまわったらどうだね。頼むという者がいるやもしれぬ。とはいっても誰もが贔屓の髪結いを抱えているからな」

「八丁堀にはわたしのような新参は入れないんです」

「そういうものかね」

「髪結いにもいろいろ約束事がありますので……」

平次は元結を締めて、鋏で余計な糸を切り、できましたといった。

清兵衛は手鏡で新たな髷を見て満足した。平次はいい鬢付け油を使っているので、その匂いもよい。

「腕がよいな。これなら毎度お願いしたいところだ」

「桜木様でしたら、いつでもお伺いいたしますよ」

そんな話をしているときに、安江がやって来て、

「あなた様、久世さんが見えました」

と、告げた。

「もう片がついたのだろう。あげてくれ」

安江が玄関に戻ると、ほどなくして久世平之助がやって来た。

「音松一家は押さえたかね」

清兵衛は早速訊ねた。

「逆らう者がいましたが、ほぼほぼ一網打尽です。音松一家は潰れたも同然です」

「ほぼほぼというのは……」

清兵衛は気になって問うた。

「親分の音松以下、大方の子分は捕まえましたが、肝心の根津の虎蔵に逃げられたのです。草の根分けてでも捜し出すつもりですが、江戸を離れたかもしれません」

平次の顔が凝然となった。

「されど、一家はもうないも同じなのだな」

「雑魚《ざこ》どもは他の博徒一家の仕返しを怖れて、浅草には戻ってこないはずです。捕縛したのは、音松を入れて八人です。七人は一家の大物です」

「根津の虎蔵は捕まっていないのですか……」

平次はまばたきもせずに平之助を見る。

「逃げられたが必ず捕まえる。江戸を離れているなら厄介だが、どっちに転んでも江戸にはいられない男だ。まあ、心配はいらぬ」

平之助はそういうが、平次の顔はこわばったままだった。

「平次、久世がそういっているのだ。懸念あるな」

清兵衛が言葉を添えると、平次は不安顔ながら「へえ」と頭を下げた。

ことの顚末《てんまつ》を報告に来た平之助は、調べがあるからといってすぐに帰った。

朝から降っていた雨が昼過ぎにやみ、晴れ間がのぞき、日が差してきた。

「桜木様、いつまでもご厄介をおかけするわけにはまいりません。そろそろ長屋に戻ろうと思います」

「さようか。ま、仕事もあるだろうし、音松一家は潰れたも同然だから、もう心配することもないだろう」

「へえ」

平次は安江にも丁重な礼を述べ、

「また寄らせてください」

と頭を下げた。

「いつでもいらっしゃいませ。あまりおいしいものをお出しできなかったので、今度はなにか考えておきます」

安江はにっこり微笑む。

「いえ、何でもおいしゅうございました」

「そうだ、わしもいっしょに行こう。天気がよくなったので気晴らしに歩いてこよう」

清兵衛が思いだしたようにいうと、

「それじゃ帰りに大根を買ってきてくださいまし」

と、安江が頼んだ。

清兵衛は平次と連れだって自宅屋敷を出た。道のあちこちにできている水溜まりが、明るい日差しを照り返していた。

道が泥濘《ぬかる》んでいるので、振売りの行商人たちだけでなく、町の者たちは尻端折《しりはしょ》りしていた。

「これから仕事をするのかね」

清兵衛は隣を歩く平次に声をかけた。

「へえ、早速ご贔屓の家を訪ねようと思います。いつまでも遊んでいられません
から」

「心配事が消えたのだ。存分に稼ぐことだな」

「へえ」

「家はすぐそばだったな」

「もうすぐそこです」

南八丁堀の通りに出たところで、平次は長屋の木戸口を指さした。

「こんな近くであったか」

清兵衛が答えたときに、平次の長屋からひとりの男が出てきた。頬被りをして
いたが、平次を見るとにらみつけるように形相を険しくし、

「野郎、ここにいやがったか」

と、牙を剝くような顔をした。

十

「ね、根津の虎蔵……」

平次のつぶやきで、清兵衛はハッと虎蔵を見た。

いかつい体を揺するようにして近づいてくる。

「てめえのことはわかっていたんだ。てめえのせいで……」

虎蔵は清兵衛には目もくれず、平次に近づいてくる。懐に手を忍ばせたと思ったら、さっと匕首を抜いて閃《ひらめ》かせた。

「ひっ」

平次は恐怖におののき、鬢盥を落として後じさった。

「下がっていろ」

清兵衛は平次の前に立ち塞がり、虎蔵をにらんだ。間合い二間もない。

「なんだ、てめえ」

頬被りしている虎蔵は鬼の形相だ。ぎょろりとした大きな目を光らせ、ぶ厚い唇をねじ曲げている。

「音松一家の根津の虎蔵だな」

「おう、なんだてめえ」

「きさまのような外道に名乗る名などない。匕首を下げるんだ」

「うるせえ！」

虎蔵は匕首を一振りすると、片袖をまくって清兵衛に迫ってきた。

「柏木の猪吉を殺したのはきさまだな」

清兵衛の一言で虎蔵はぎろっと目を剝いた。同時に斬りかかってきた。清兵衛は半身を翻《ひるがえ》しながら刀を鞘走らせると、そのまま虎蔵の右腕を撃ちたたいた。

ビシッと鋭い音と同時に、虎蔵の口からうめきが漏れ、右手に持っていた匕首が地面に落ちた。

「お、お、おっ……」

虎蔵はよろめきながらうめくような声を漏らす。虎蔵の腕は斬られてはいなかった。清兵衛は刀の棟《むね》を返して撃ったのだ。

並の人間ならそこで観念するはずだが、虎蔵は気丈にも左腕をあげて清兵衛につかみかかろうとした。

清兵衛はさっと刀を横薙《よこな》ぎに振り、虎蔵の太股のあたりを撃ちたたいた。また棟撃ちである。

「あ、あー！」

悲鳴を発した虎蔵は立っていることができず、地に倒れて転げまわった。

「ひ、ひ、ひぃ……チキショー！　チキショー！」

まるで獣の咆哮《ほうこう》だった。

清兵衛は落ち着き払って、虎蔵の背中を片膝で押さえ、左手を背中にまわしてねじあげた。

白昼の騒ぎで、通りは騒然としていたが、

「平次、番屋に行って助を頼んでこい」

清兵衛はあくまでも落ち着いて平次に指図した。虎蔵は苦悶のうめきを漏らしつづけていたが、やって来た自身番の者たちに刺股《さすまた》と突棒《つくぼう》で押さえつけられ、やっとおとなしくなった。

虎蔵はそのまま自身番に拘禁《こうきん》され、知らせを受けた久世平之助が二人の小者を連れてやって来た。

「まさか、こんなところにいたとは……」

平之助は驚いたが、これで手間が省けたと安堵の吐息を漏らし、清兵衛に礼をいった。

「虎蔵は柏木の猪吉を殺したとき、平次に見られたのを知ったのだろう。平次の長屋にもこやつの子分があらわれている」

「やはり、平次は命を狙われていたわけですね」

平之助は平次を見て言葉をついだ。

「平次、命拾いしたな。これでもう安心だ。こやつは二度と娑婆《しゃば》には戻れぬし、長生きもできぬ」

「はあ、はい」

平次は生唾を呑み込み、安堵の吐息を漏らしながら胸を撫で下ろした。

虎蔵はそのまま平之助らに連れられて自身番を出て行った。

その姿がすっかり見えなくなると、清兵衛はあらためて平次に顔を向けた。

「平次、これで何も心配することはない」

「桜木様のおかげです。しかし、さっきはほんとうに殺されると思いました」

平次はぶるっと肩をふるわせた。

怖れていたことが無事に去り、ようやく普段の暮らしに戻った平次であったが、今度は産みの母親のことが気にかかった。

そして、浅草で商売をしている千代のことを思い出すようになった。千代は歳上だが、肌が合うし、このまま別れ別れでいることが淋しくもある。

一度千代に会いに行こうと思った平次は、虎蔵が捕縛されて三日後に千代の店を訪ねた。

「あっ」

暖簾をくぐって店に入るなり、千代が驚き顔を向けてきた。

「あんた、どこに行っていたのさ。行先を知らせてもくれないで、わたしはすっかり捨てられたと思いずいぶん淋しかったのよ」

「すまない。いろいろあったんだ。だけど、元気そうでよかった」

「そんなところに突っ立ってないで、早く座りなさいよ」

「あ、そうだな」

平次は店のなかを見まわして、床几に腰を下ろした。小さな店は以前と変わることがなかった。小ぎれいに片づいているし、壁の一輪挿しには木槿《むくげ》が投げ入れてあった。日暮れ時なので、まだ客はいなかった。

「ここは落ち着くな」

「一杯やるんでしょう。いま付けるから待っていて……」

千代はこまめに板場で動き、すぐに酒を運んできた。

「で、いまはどこにいるのよ?」

千代が酌をしてくれる。

「南八丁堀だ。住めば都というが悪いところじゃない。贔屓の客もついたんだ」

「それじゃずっとそっちにいるわけ。浅草には戻ってこないの? 音松一家は潰れたのよ」

「知っている。柏木の猪吉を殺した虎蔵も捕まった」

「へえ、そうだったの。それは知らなかった」

平次は酒を嘗めるように飲みながら、虎蔵が捕まった経緯《いきさつ》をかいつまんで話してやった。

「あんた、ずいぶん怖い目にあったのね」

「だから浅草を離れたんだ。おまえさんに黙っていたのも、災いの火の粉が降りかかったら申しわけないと思ってのことだった」

「もう、あんた……」

千代が潤んだような目で見つめてきた。

平次は手を伸ばして千代の肩を引き寄せ、そのまま唇を吸った。千代も平次の背中に腕をまわして応えてくれる。

そうやっているうちに、平次はこの女とは別れられないと思った。

「ずっとそっちに住む気なの？」

千代は唇を離してからいった。

「……迷っている」

「いや、帰ってきて。あんたにそばにいてほしいの」

「おれも帰ってきたい。おまえのそばにいたい」

「だったら……」

千代は平次の両手をつかんで、そうしてくれと頼んだ。

十一

「そういうことか。せっかく知り合えたのに残念ではあるが、好いた女がいるなら仕方あるまいな」

清兵衛はしげしげと平次を眺めた。

虎蔵が捕まって十日後のことだった。

その朝、平次が訪ねてきて浅草に戻るといった。

「それに住み慣れた浅草のほうがきっとよいのでしょう」

安江も残念そうな顔をして平次を見た。

「向こうにも贔屓の客がいますので、商売に困ることもないと思うのです」

「まあ、そう決めたのなら、わたしは何もいうことはない。達者に暮らすことだ」

清兵衛がそういえば、

「でも、そのお千代さんといっしょになるつもりなの？」

と、安江が訊ねる。

「先のことはわかりませんが、わたしはそのつもりです」

「幸せになってほしいわ。またこちらに見えることがあったら、いつでも遊びにいらっしゃって。お千代さんも連れてくるといいわ」

「へえ、ありがとうございます。それでちょっと悩んでいることがあるんです」

「何でしょう？」

平次は自分が御家人の子で、育ての母親と産みの母親がちがうと告白し、産みの母親に一度会ってみたいと話した。

「そうであったか。そなたの父御は侍だったのか」

　清兵衛は平次をあらためて見て、

「人にはいろいろあるな。しかし、産みの母御に会うとしても、ご健在なのかね？」

「それはわかりません」

「会ってどうするつもりなの？」

　安江が問うた。

「わかりません。顔を見るだけかもしれませんし、声をかけるかもしれません。ですが、どんな母親なのか会いたいという気持ちを捨てきれないのです」

「だったら会いに行くべきです。もし先様にご迷惑がかかるようなら、思いとどまるべきかもしれませんが……」

「わしは生きているかどうか、まずはそれをたしかめてから決めればよいと思う」

　清兵衛の言葉に平次は目を輝かした。安江もその言葉に同意した。

「それで住まいはわかっているのかね？」

「わかっているのは、深川森下町の宮野郁右衛門様の後添いになっているということだけです」

「ならばお屋敷を見つけるのは造作ないだろう。されど、お屋敷がわかったとしても訪ねていくわけにはいかぬだろうな」

「お屋敷だけでも見つけたいと思います」

清兵衛はゆっくり平次を眺め、その心中を推《お》し量った。

「よし、わしもついていって屋敷探しを手伝ってやろう。なに、遠慮はいらぬ。どうせ毎日身を持て余しているのだ」

平次はそれには及ばないと遠慮をしたが、清兵衛はこうと決めたら後には引かない。

「そうと話が決まれば、早速これから行ってみるか」

いうが早いか、清兵衛は立ちあがっていた。

心地よい風の吹く日であったが、暑い夏の到来を告げるように空の一角には、大きな入道雲が聳《そび》えていた。大川の上で舞う鳶が気持ちよさそうな声を降らしている。

清兵衛と平次は永代橋をわたると、そのまま大川沿いの道を辿り、小名木川《おなぎがわ》の河口に架かる万年橋をわたり、御籾蔵《おもみぐら》の手前を右に折れて深川森下町に入った。

「宮野様は旗本だというから、もっと先だ」

清兵衛は元町奉行所の与力なので、江戸の地理は大方頭に入っている。さっきまで平次は育ての母親や父親のことを話していたが、急に黙り込んだ。

「気が進まなくなったか……」

清兵衛が声をかけると、平次はゆっくりかぶりを振った。

「ここまで来たのだ。屋敷だけでも見ておこうではないか」

清兵衛はすたすたと足を進める。五間堀川に架かる伊予橋をわたると、辻番に立ち寄り宮野郁右衛門の屋敷がどこにあるか訊ねた。詰めていた番人はすぐに教えてくれたが、

「郁右衛門様はもうお亡くなりになり、いまはご長男の郁之助《いくのすけ》様が跡を継いでおられます」

とも、言い添えてくれた。

「郁右衛門様の奥様はご健在であろうか？」

「大奥様はいらっしゃいます」

清兵衛は礼をいって辻番を離れた。

「桜木様がいらっしゃるからすぐにわかるのですね。わたしなら辻番を訪ねても、不審がられて教えてもらえなかったかもしれません」

平次は畏まった顔を清兵衛に向ける。

「そこのお屋敷ではないか……」

清兵衛は辻番で教えてもらった屋敷の前に立った。塀の上に枝振りのよい松がのぞき、母屋の屋根瓦が日の光を照り返していた。屋敷は四百坪ほどなので、さほど大きくはない。

二人は並んで表門の前に立った。門も脇の潜り戸もしっかり閉められていた。

「いかがする？　訪ねていくわけにはいかぬぞ」

清兵衛は平次を見た。

「いいえ、もう結構です。お屋敷がわかっただけでも十分です」

清兵衛としては引き合わせてやりたい気持ちがあるが、これ以上差し出がましいことはできない。

「ならばいかがする？」

「顔だけでも拝めればと思いましたが、やはりやめておきます。お付き合いいただきありがとうございました」

「では、帰るか」

「はい」

二人が背を向けたときだった。背後の潜り戸が開き、屋敷の中間らしき男が出てきて、

「お足許にお気をつけください」

といって、あとから出てくる年寄りに手を差し伸べた。

年寄りは白髪《しらが》頭の初老の女だった。杖をついている。

「では、ゆっくりまいりましょう」

中間は初老の女の介添えをして伊予橋のほうへ歩いて行く。清兵衛は平次と顔を見合わせて初老の女を見送ったが、すぐに追いかけるように歩き出して、

「しばらく、しばらく」

と、声をかけた。

初老の女が立ち止まって振り返り、訝《いぶか》しげな顔を向けてきた。歳相応のしわはあるがきれいな白髪で、品のある顔立ちだった。

「お伺いしますが、こちらのお屋敷につや様とおっしゃる大奥様がいらっしゃると聞いたのですが……」

「つやはわたしでございますが、はて、どちらかでお目にかかりましたでしょうか」

「わたしは郁右衛門様がお元気な頃、何度かお世話になった者です。近くまで来たので、大奥様はお元気だろうかと思い声をかけさせていただきました。お達者そうで何よりです」

とっさの機転だった。

「それはそれは、わざわざありがとう存じます」

つやは杖をついたまま会釈をして言葉を足した。

「急ぎ行かなければならないところがありますので、もしよろしければまた訪ねてきてくださいませんか」

「お急ぎのところお引き留めして申しわけございませんでした」

「いいえ」

つやはそのまま背を向けて歩き出したが、突然、平次が声を張った。

「母上」

つやは振り返って平次を見た。訝しそうに小首をかしげ、小さな笑みを浮かべた。平次は佇《たたず》んだまま唇を引き結び、目を赤くしていた。

それはほんの短い時間だった。

「何かおっしゃいましたか……」

つやはつぶやくような声を漏らすと、また背を向けて中間と歩きはじめた。

清兵衛はつやを見送る平次を見た。必死に涙を堪えている。

「よかった。会えてよかった。品のある人でよかった」

ふるえる声を漏らすと、ぽろぽろと大粒の涙を頰につたわせた。

「これでよかったのか？」

「はい、元気な産みの親に会えてようございました」

「そなたは少なからず武士の血を引く者。潔く未練を断ち切るのも武士である。わかるな」

清兵衛はゆっくり近づいて、平次の肩をやさしくたたいた。

「はい」

平次は声を詰まらせて洟《はな》をすすった。

「さ、まいろう」

第四章　組糸屋の女

一

江戸は梅雨《つゆ》の時季に入った。

長雨がつづくと、清兵衛は憂鬱になる。晴れていれば日課の散歩もできるが、傘を差してまで出かけたくはない。それに、庭に畑を作るために地面を掘り起こしているときに、ぎっくり腰になった。

立ちあがるたびに「イタタタ」と顔をしかめ、座る段にも「アイタタ」と腰を庇いながら座らなければならない。

厠が大変だ。とくに〝大〟のとき。尻を端折るまではよいが、そこからしゃがむ段になると、両手で板壁を支えにして、それこそゆっくりゆっくり腰を下ろさなければならない。

用を終えて立ちあがるときも同じだ。厠で用を足すときは、額に脂汗が浮かぶ。その日も雨であった。体を横にして、右手で顎を支えていると楽になるのがわかったので、いまはそうしている。同じ姿勢は疲れるので、体を反対向きにするが、そのときも腰が痛い。痛苦しい。なった者でなければわからない苦痛である。

安江は近所で知り合ったお恵《けい》という女の家に行って留守をしている。

（暇だ……）

いつも暇だが、雨にくわえて腰痛なのでとくに暇だ。雨は降りつづき、やむことを知らない。どこから来たのか、縁側の縁を蝸牛《かたつむり》が這っていた。

暇だからじっと眺める。ときどき痛んでいる腰をさすり、トントンとたたく。いっこうに治る気配がない。

「ただいま」

安江の声が玄関にあり、清兵衛が横になっている座敷にやって来た。

「まだ治らないのですか……」

「すぐには治らぬよ。すまぬが茶をもらえぬか」

「いま淹れますが、按摩《あんま》がやって来ますので、揉んでもらってください。少しは楽になると思いますよ」

安江は気を利かせたらしい。

「どこの按摩だね」

「お恵さんに聞いたらいい人がいるからと教えてもらったのです。その方は目が見えるそうなんです。腕もよいらしいのできっと楽にしてくれますわ」

「さようか。茶を頼む」

清兵衛は両腕を支えにして半身を起こし、尻をすりながら躄《いざ》るようにして壁に凭《もた》れ、両足を投げ出した。これも少しは楽な姿勢なのだ。

「わたし、頼まれたのです」

安江が茶を運んできていった。

「何をだね？」

「霊岸島に円覚寺があるでしょう。そこでお恵さんは筆学所をなさっていらっしゃるんですけど、わたしに手伝ってくれとおっしゃるの」

「筆学所の手伝い」

清兵衛は茶をすすった。

「ええ、習字を教えてもらえないかと……。もちろん通ってくる子供たちにですけど、手伝ってもよいでしょうか？」

　安江はおそらく受けるつもりだ。それに家にいても、夫婦二人暮らしなのでやることは少ない。清兵衛が身を持て余しているのと同じで、安江も暇な身だ。

「よいではないか。大いに手伝いなさい」

　清兵衛がそういうと、途端に安江の顔がぱあっと明るくなった。

「仮名文字を教えることにするんです。お恵さん、わたしの字を見て感心なさって、何とたおやかな仮名をお書きになるんでしょうって……」

　安江はうふふと、嬉しそうに微笑む。たしかに安江は字がうまい。とくに仮名文字はたおやかで滋味に溢れている。清兵衛もその仮名文字には昔から感心している。

「そのお恵さんはずっと手習いの師匠を……」

「ここ二年ほどらしいですけど、熱心な先生です。お若いのに感心です。ご亭主を早くに亡くされ、子供にも病死されたらしくお可哀想なのですが、立派に立ち直ってらっしゃるの」

「すると手が足りなくなったのか。そなたで役に立つならいいではないか」

「それじゃ、わたし返事をしてきます」

安江はさっと立ちあがった。

「あ、按摩さんは良明《りょうめい》さんとおっしゃいます。じき見えると思いますので、よく診てもらってください」

「ああ、わかった」

安江は、では行ってきますといって、そのまま雨のなかを出かけた。

それから小半刻もせずに玄関に訪う声があった。

「桜木様のお宅はこちらでよいのでございましょうか？　良明と申します」

「ああ、聞いておる。勝手に入ってこっちへ来てくれ」

清兵衛は声を返した。大きな声を出すだけで腰にひびく。

うっ、と顔をしかめていると、地味な棒縞の小袖を着た男がやって来た。五十には届いていないだろうが、禿頭だった。

「良明でございます」

丁寧に両膝をついて名乗った。

「妻から聞いておる。腰をやられてな。とにかく診てくれぬか」

「へえ、それでは早速に……」

良明は膝をすって近づくと横になってくれという。清兵衛は言葉に従いゆっくりうつ伏せになる。

「目は不自由しておらぬのだな」

「へえ、さいわいまだ見えますが、じきに見えなくなると医者にいわれています」

「そりゃあ大変だ。そ、その辺だ」

良明は清兵衛の腰のあたりをさすりながら患部を探している。

「ここでございましょう」

「うっ……。そ、そこだ」

「では、ゆるりと治していきましょう」

「た、頼む」

二

鬱陶《うっとう》しい梅雨が明けようとしている。

円覚寺の境内にはたくさんの紫陽花が咲いていて、しっとり雨に濡れ、青い葉には青蛙が張りついていた。

本堂脇の一間に町人や職人の子たちが詰めており、安江は習字の指導にあたっていた。

「墨の磨《す》り方が足りないのよ。もう少し磨ってください」

字が薄いと硯《すずり》を見て教える。

「先生、おいらの墨は濃いんじゃないかな。見ておくれよ」

直吉《なおきち》という子が声をかけてきたので、安江がそちらを見ると、目の前に筆があり、それが鼻の頭について、黒くなった。

途端、直吉が楽しそうに笑う。他の子たちも墨をつけられた安江の顔を見て笑う。

「悪戯《いたずら》はいけません」

安江は手拭いで鼻の頭をぬぐって、直吉を叱った。

「先生が急にこっちを見るからだよ」

直吉は悪びれずに首をすくめ、にたついている。米屋の三男坊で、円覚寺の筆学所に通ってくる子供たちのなかで、一番のやんちゃ坊主だった。

「墨は薄いより濃いほうがいいわ。見せてごらんなさい」

安江は直吉の書いた字を眺めた。「いろは」から教えているが、『童子教』という往来物を教科書にしていた。

直吉の字はのたくっていて、芋虫さながらである。やんちゃ坊主らしく、太くて逞しい字はよいが、「つ」なのか「て」なのかわかりにくい。また「て」と「と」も似ている。

安江はそのあたりのちがいを教えてやる。

堂内は子供たちの声や、半紙を返す音や、墨を磨る音などでざわついている。

安江は壁に自分の書いたものを貼りつけていた。

「人間成一禮　師君可頂戴」――

この横に、わかりやすく平仮名を振っている。

「にんげんにはいちれいをなせ　しくんにはちょうだいすべし」

その意味は、「知り合いに会ったら一度頭を下げなさい。師や偉い人には敬意を込めてお辞儀をしなさい」である。

安江はそのことを丁寧に説明し、振った平仮名を子供たちに書かせているのだった。おとなしく習字に熱中している子もいるが、直吉のように中途半端な子もいる。

「はい、書けた人からわたしに見せてください」

頃合いを見計らって声をかけると、子供たちが一斉に半紙を掲げた。

【にんげんにはいちれいをなせ】


「おちかちゃん、とてもきれいに書けましたね。みんなに見せてください」

おちかが立ちあがって、書いた文字をみんなに見せた。上手だね、うまいねえ、何だそのくらいおいらだって書けらァなどと、いろいろな声が交錯する。

おちかは大工の娘だった。愛嬌のある顔をしているが、鼻の脇に小豆《あずき》大の黒子《ほくろ》があるので、意地の悪い直吉は「鼻くそ」という渾名をつけている。

「鼻くそがうまいのは字だけだ。だけど、鼻くそは煮ても焼いてもうまくはねえな。アハハ……」

直吉が大声でいえば、それに追従する子がいた。おちかはそのことで泣きそうな顔になりながらも、直吉にいい返す。

「なにさ、ろくでもない字しか書けないくせに、直吉なんか馬に蹴られておっ死《ち》んじまえ」

「なんだと」

「やめなさい。さ、おちかちゃん、座って。直吉、言葉を慎みなさい」

注意をされた直吉は膨れ面をして「わかったよ」と胡座《あぐら》をかく。

安江はため息をついたあとで、目の前にいる子供たちを眺める。そこにいるのは十六人で、日替わりで別の子供たちがやってくる。

「習字はおうちに帰ってからもできるはずです。何度も書いて覚えるようにしてください。今日はここまでにしておきますが、〝召すことあらば敬ってうけたまわれ〟ですよ。この意味はわかりますね」

その日教えたことだった。

「用事をいいつけられたら、敬意をもって聞きなさい」

数人の子供たちが声を揃えて答えた。そのことをぶつぶつと復唱している子もいれば、視線を泳がせている子もいた。

子供たちは筆や硯などを風呂敷に包み直して、三々五々帰って行く。

安江は本堂の階段下まで下りて子供たちを見送ると、筆学所に使われている部屋に戻り片づけをした。雨は小降りになっていて、空には晴れ間がのぞきそうだ。

住職に挨拶をしに行くと、

「お恵さんの手伝いも骨が折れますな」

と、労をねぎらわれた。

「いいえ、子供たちに教えることは楽しいんです」

「そりゃ何よりです。足許に気をつけてお帰りくださいな」

安江はそのまま円覚寺を後にしたが、亀島川《かめじまがわ》を挟んで東湊町一丁目と本八丁堀五丁目にわたしてある高橋の近くで足を止めた。筆学所に来ていた五人の子供たちが、川の畔に立って何やら騒いでいるのだ。

「どうしたの？」

声をかけると、全員が凝然とした顔を振り向けてきた。

「死人だよ。ほら、そこ」

直吉が答えて川のなかを指さした。

三

亀島川は長雨のせいで濁っていた。その川のなかほどに解けた女の黒髪が水草のように揺れており、これも解けた帯が浮いていた。帯は青と紫に染め分けられた縮緬《ちりめん》地に蝶柄模様が白く絞り出されていた。

「まさか……」

安江は目を点にしてつぶやいた。帯に覚えがあるのだ。

（お恵さんでは……）

心中でつぶやいたが、じっとしている場合ではなかった。

近くの自身番に駆け込むと、ことの次第を話し、女の死体を引きあげてもらった。子供たちは怖々《こわごわ》した顔をしながら、少し離れた場所でその作業を見ていた。

安江は引きあげられた死体の顔を恐る恐るのぞき込んだ。お恵ではなかった。そのことに少し胸を撫で下ろしたが、いったいこの女はどこの誰だろうかと思った。

自身番をあとにする安江は心の臓をドキドキさせていた。死体の女はお恵でなかったからよかったが、まったく似たような帯のことが気になった。

着物屋に行けば、同じ生地や色・柄の帯を何本も売っているかもしれないが、お恵が締めている帯とさっきの死体の帯はめずらしいものだ。

もしかして何かの折に、お恵の帯を借りた女だったのでは？　あるいはお恵の帯を盗んだのでは？　それともただの偶然なのかしらと、泥濘《ぬかる》む道を歩きながら考える。

雨はあがっており、雲の間から明るい日差しが地上に伸びていた。道のところどころにある水溜まりが、日差しを照り返してまぶしくなっていた。

安江はまっすぐ帰るつもりだったが、やはり帯のことが気になり、お恵を訪ねることにした。

お恵は本湊町の北、湊稲荷に近い長屋に住んでいる。安江の家からも目と鼻の先だ。

「こんにちは。安江ですけれど、お恵さんいらっしゃるかしら」

戸口で声をかけると、少し弾んだ声が返ってきた。

「あら、奥様。開いてますからお入りください」

安江は失礼いたしますと断ってから戸を開けて三和土に入った。

お恵は算盤《そろばん》をはじいていたらしく、文机のものを片づけてから、

「おあがりください。今日はもう終わったのですね」

と、安江の座る場所を提供してくれた。

「はい。子供たちを帰してきたのですけれど、途中でとんでもないことがあったのです」

安江は居間にあがってからいった。

「とんでもないことってなんでしょう？」

「亀島川に女の方が浮いていたんです」

「浮いていたって……死んでいたんですか？」

お恵は目をぱちくりさせる。美人の類いではないが、妙な色気があり、男好きしそうな面立ちだ。それにすらっと背が高く見栄えがよい。

「死人だったのです。見つけたのは円覚寺に通ってくる筆子《ふでこ》たちだったのですけど、びっくりするやら怖いやら」

安江は両手で胸を押さえた。さっき見たばかりの死体の顔が、ありありと眼裏《まなうら》に残っている。

「そりゃあ死人を見れば誰でもびっくりしますわね。あ、いまお茶を……」

安江はかまわないでくれといったが、お恵は遠慮しないでくれといって茶を淹れる。安江は家のなかに視線をめぐらした。

どこにでもある長屋の家だ。寄付きの四畳半に文机、箪笥と茶箪笥が並んでいる。衣紋《えもん》掛けに浴衣と単衣の着物がある。帯はないが、おそらく箪笥のなかだろう。

「それで気になることがあったのです」

安江は急須を使って湯呑みに茶を注ぐお恵の手を見た。長くてしなやかな指をしている。

「何でしょう？」

お恵は顔を向けてから「どうぞ」と茶を勧めた。

「その死体であがった女の方の身許も名前もわからないのですけど、お恵さんがお持ちの帯とそっくりなものを締めていたんです。わたしが見たときには、その帯は解けて川の面《おもて》に浮いていたんですけど……」

「わたしと同じ帯を……」

「白い蝶柄模様の縮緬の帯です。青と紫の二段に染め分けられている……」

「ええ、たしかにその帯でしたら持っています」

「いまもありますか？」

「ええ、でもどうしてそんなことを……」

「めずらしい帯なので、ひょっとして盗まれたのではないかと……」

「まさか、そんなことありませんわ」

お恵は口の端をゆるめると、簞笥の引き出しを開けて帯を取り出した。

「このことでしょうか」

「あ、それです。まったく同じ帯でした。よかった、お恵さんのではなかったのね」

「こんな貧乏長屋に入る泥棒なんていませんわよ。でも、心配してくださってありがとうございます」

それからは他愛のない世間話となった。もちろん筆子のことや手習い指南についても言葉を交わしたが、できのいい子とそうでない子、行儀作法や言葉遣いのなっていない子の愚痴をこぼしあった。

「結局は親の躾《しつけ》が大事なのだというのを身をもって知りました。でも、子供たちへ教えるのはやり甲斐があります」

安江は満足げにいって微笑む。本心だった。習字だけを教えているが、それには人の生き方について書いてある『童子教』を使っている。字の書き方を教えながら子供たちの教育もしているのが、何だか楽しいのだ。

「奥様はそうおっしゃいますが、なかには子供ながらできた子もいます。子供の躾をあまりしない親でも、子供はちゃんとしていたりするんです。その逆に厳しく躾をされているはずの子の素行が悪かったりします。どうしたわけかわかりませんが、子供ながら親のようにはなりたくないという気持ちが、逆のことになるのかもしれません」

「十人十色と申しますけど、子供もそれぞれなのですね」

「まあ、躾の仕方もあると思いますけれど……」

話は尽きなかった。

四

清兵衛は刀の手入れを終わり、刀身をゆっくり鑑賞して鞘に納め、刀掛けに戻した。

それから縁側に座り、雨あがりの空を眺める。

腰の具合は良明の揉み療治のおかげで大分楽になり、晴れ間がのぞくと近所を歩くようにもなった。

それにしても安江が円覚寺の筆学所に通いはじめたので食事で往生する。朝餉は作ってくれるからよいが、昼餉はない。もっとも作り置いてはくれているが、冷や飯に冷めた味噌汁では味気ない。

いつもいる妻がいないというのは、結構不自由をすると感じている今日この頃だ。

掃除や片づけも妻の仕事だが、安江が忙しくしているので疎《おろそ》かになっている。もっともさほど散らかったり汚れたりはしていないので、差し支えはないが、ちょっと気になるのだ。

安江は子供たちに習字を教えるのがよほど楽しいらしく、近頃は活き活きしている。目もきらきらと輝き、肌艶がよくなった気がする。

四、五歳は若返って見えるぞ、といってやったら「いやですわ」と、照れ臭そうな顔をして清兵衛の肩をバチンとたたいた。

子供相手に習字を教えるだけなのに、こうも変わるものかと感心する。つまり生き甲斐を持つことが、いかに大事かということであろうか。

清兵衛は暇にあかせて雲間にのぞく青空を眺める。もう雨は降りそうにない。

(近所を歩いてみるか……)

そう考えたときに、玄関で安江の声がして、すぐに座敷前に姿をあらわした。

「お帰り、ご苦労であったな」

「お腰のほうはいかがです？」

「良明殿の腕がいいのか、だいぶよくなった。もう痛みはほとんどない」

「それはようございました。ところで、大変なことがあったんです」

「大変なこと……」

安江は清兵衛のそばにやって来た。

「亀島川に女の方の死体が浮かんでいたんです」

「死体が……」

「円覚寺の帰りに川のそばで子供たちが騒いでいるので、何だろうと思ってみたらそうだったのです。びっくりしましたわ」

「そりゃあ無理もない。それで死体はどこの誰だったのだね？」

「それがわからないんです。でも、わたし、浮いている帯を見て、もしやお恵さんではないかと、胸がざわついたのです。お恵さんがお持ちの帯と、その死体から解けた帯がそっくりだったのです」

「帯が……」

清兵衛は眉宇をひそめた。

「ええ、お恵さんではなかったのですけど、もしやお恵さんの帯を盗んだ人だったのではと考え、さっきお恵さんを訪ねてきたんです。お恵さんはご自分の帯をお持ちでしたから何事もなかったのですけど、まあいろいろと気を揉んでしまいました」

「同じ帯ぐらいいくらでもあるだろう」

「そうですけど、お恵さんの帯は、青と紫を二段に染め分けた縮緬地で蝶柄模様なのです。とても素敵な帯なので、わたしもほしいと思ったぐらいです」

「めずらしいのか？」

「めずらしい帯ですね」

清兵衛は「ふうん」と聞き流してから、

「お恵殿の手伝いはいつまでやるのだね？」

と、気になっていることを聞いた。まさかこの先ずっとやる気ではないだろうな。それならちょいと困ると思う清兵衛だ。

「しばらくはお手伝いするつもりです。お恵さんは他にご用があるらしく、これまでのようにはできないとおっしゃってますから」

「……お恵殿はいくつなのだね？」

「二十八だったはずです」

「二十八だったらまだ嫁に行ける歳だな。その気はないのか？」

「さあ、どうでしょう。でも、女から見ても色気のある人なので、縁談話があってもおかしくはないと思います。あ、お昼はどうなさいました？」

「ちゃんと食ったさ」

「それならよかった。ちょっと気になっていたんです」

安江はそのまま立ちあがって、自分の寝間に消えた。清兵衛は腰をたたいて立ちあがると、その辺を歩いてくるといって家を出た。

雨あがりの道のあちこちに水溜まりがあり、子供たちがその上を跳んで遊んでいた。鳶も雨があがったからか、気持ちよさそうに空を舞っていた。

雨あがりもよいが、腰がよくなったから気分もよい。清兵衛は鉄砲洲の岸辺を歩き、湊稲荷のそばまで来た。

甘味処「やなぎ」が見える。立ち寄ろうかと思ったが、喉は渇いていないので素通りして稲荷橋をわたった。

そのとき安江が話した水死体のことを思い出した。

(殺しだったのか……それとも身投げでもしたのだろうか……)

気になったので、亀島川沿いの道を歩いた。すると日比谷河岸で、死体がどうのと話をしている二人の人足がいたので声をかけた。

「この川で死体があがったそうだな」

二人の人足は同時に清兵衛に顔を向けて、

「殺しですよ」

と、いった。

「殺し……」

「そうです。殺されたのはおしんという女です。川口町《かわぐちちょう》に『伊豆屋《いずや》』って材木問屋があるでしょう」

太った人足は、知っていますかと清兵衛を眺める。

「伊豆屋なら、この川の向こうではないか」

「そうです。殺されたのはその伊豆屋の旦那が囲っていた女です。首を紐で絞められたってことです」

「そりゃまたひどい手口だな。それで下手人は捕まったのかね？」

「さあ、どうでしょう。町方が詮議してるんじゃないですかね」

清兵衛は伊豆屋のある川口町のほうに目を向けた。

五

「邪魔をするよ」

七兵衛《しちべえ》の店に入ってきたのは、父親の六蔵《ろくぞう》だった。

「精が出るな」

「お陰様で注文が増えてきてるんです。おとっつぁん、茶なら自分で淹れてください。いま、手が離せないんです」

「ああ、かまわねえさ」

六蔵は上がり框に腰を下ろして、七兵衛の仕事を眺める。七兵衛は浅草の組糸問屋「立花屋」の年季を終え、三年のお礼奉公をすませて独立したのだった。住まいを兼ねた店を、本八丁堀二丁目に構えて半年ほどたっている。

「雨があがってよかったですね。これで梅雨明けですかね」

七兵衛は作業の手を動かしながら声をかける。作るのは帯締めや刀の下げ緒、羽織の紐などだ。

使うのはほとんどが絹糸で、染められた糸を撚《よ》り分け、綛《かせ》上げ台を使って組んでいく。綛上げ台には大きさのちがうものがいくつかあり、巻き取る糸の量が多ければ大きい台を使うという按配だ。天井には竹竿をわたしてあり、そこにも糸がかけられている。

「梅雨は明けてもらわなきゃ困るだろう。ところで聞いたかい？」

「何をです？」

「亀島川に女の死体があがったって話だ」

「そんなことが……いつです？」

七兵衛は父親の顔を見た。長年、木挽《こびき》職をやっていたせいか、日焼けした顔には深いしわが彫り込まれていた。五十七という歳もあるが、老《ふ》け込んでいる。

「今日の昼間にあがったんだ。あがったのはおしんという女だった。伊豆屋の妾だ」

七兵衛は作業の手を止めて、六蔵を驚いたように見た。

「たしかなことですか」

声がふるえそうになった。

「さっきわかったことだ。町方は真っ先に伊豆屋に疑いをかけたようだが、どうなることやら」

六蔵は節くれだった指を持つ手で片頬をなぞった。

「おめえには関わりのねえことだが、伊豆屋は長年世話になった店だ」

「気が気でないですね」

七兵衛はそういっておきながら、その実自分は心の臓をざわつかせていた。

父親の六蔵は、伊豆屋の木挽職人だった。三年前に仕事中に右腕を怪我して、それまでのようなはたらきができなくなり、隠居生活に入っていた。女房（つまり七兵衛の母親）は五年前に他界しているので、独り暮らしだ。暮らしが楽でないのはわかっているので、七兵衛はときどき売上金の一部をわたしていた。

「もう心配はいらねえ」

七兵衛が手許に視線を戻したとき、六蔵がそんなことをいった。

「どういうことです？」

「なんでもねえさ。それより、話しておかなきゃならねえことがある」

「なんです？」

「おれはもう長くねえだろう。この頃急に痩せちまって、このあたりが疼《うず》くんだ」

六蔵は腹をさすっていった。たしかに最近痩せてきたと、七兵衛も気になっていた。

「医者に診てもらったらどうです」

「診せたって同じだ。どうせヤブばかりだからな」

六蔵は煙管を取り出して、ゆっくり刻みを詰め、それから火をつけて吹かした。

「腹に痛みはないんですか？　心配じゃありませんか。一度医者に診てもらってくださいよ。わたしにとってたったひとりの親なんですから、もう少し長生きしてもらわなきゃ困ります」

「おめえが困ることなんかねえさ。早くおっ死んだほうがおめえのためだ。そうじゃねえか」

「なんてことをいうんです。わたしはそんなことなど微塵《みじん》も思っていませんよ」

「思っていなくても、そうなったほうがいいんだ」

「まったく死に急ぐようなことをいって。やめてください」

「おめえはいい倅だ。孝行者だし……おれにゃ出来すぎた子だ」

「親子じゃないですか。わたしはあたりまえのことをしているだけです」

六蔵はにやりと笑ってから、雁首の灰を掌《てのひら》で転がして足許に落とした。

「おれはそんな倅に幸せになってもらいたいだけだ」

さあて水でも飲んで帰るか、といって六蔵は立ちあがった。腰が曲がっているので、前屈《かが》みになって水甕《みずがめ》のそばに行って喉を鳴らした。

「おとっつぁん、さっきの伊豆屋の妾が死んだってのはほんとうですか？」

問いかけると、六蔵がゆっくり顔を向けてきた。

「嘘なんかじゃねえさ。それじゃおりゃあ帰る。仕事の邪魔をしちゃ悪いからな」

六蔵はそのまま店を出ていったが、七兵衛は気が気でなかった。

（おしんさんが……）

七兵衛は撚り糸の散らばっている自分のまわりに視線を泳がせた。どうしたらよいかわからなくなった。

（このまま黙っていればよいのか、それとも……）

心が焦っていた。

おしんとは昨夜会ったばかりだ。それもおしんの家で、同じ床で睦み合った。

（それが……）

仕事が手につかなくなった七兵衛は店を一旦出たが、表通りに出たところで立ち止まり、いまは妙な動きはしないほうがいい、じっとしているほうが無難だと考え、また店に戻った。

しかし、町方が調べに来たら、何と答えればよいのだろうかと、そのことを考える。

考えただけで怖ろしくなり、ぶるっと体をふるわせ、昨晩床のなかでおしんと話したことを思い出した。

「ねえ七さん、わたしはもうあんたなしではいられなくなっているのよ。旦那に知られたらどうなるかわからないから、いっそのことどこかに逃げない」

おしんは七兵衛の首に片腕をまわして耳許で囁いた。

「逃げるって、そんなことできないよ。店を出したばかりだし、逃げたりしたら店をやっていけなくなる」

「店は逃げた先に開けばいいじゃない」

「そんな容易《たやす》くはいかないよ。元手だってかかるんだ」

「元手ならあるわよ。いくらかかるのか知らないけど、三十両、それとも五十両……」

「いや、いまの店を移る気はないよ」

「もう、それじゃわたしはどうするのよ」

おしんは豊かな乳房を七兵衛の胸に押しつけて駄々をこねた。

「七兵衛さん、こんにちは」

突然の声に七兵衛はハッとなって現実に立ち返った。

戸口にお恵が立っていた。

「まだお仕事は終わらないのかしら……って聞くのは野暮ですわね」

お恵は土間に入ってきて、嬉しそうに微笑む。

「まだ終わらないけど、仕事が手につかなくなった」

「あら、どうして……」

「詳しいことはいえないけど、何だか面倒なことが起きているんだ」

「いやだわ。面倒なことなんて。ねえ、お団子買ってきたの。お茶を淹れるからいっしょに食べましょう。七兵衛さん、仕事ばかりしているんだから少しは休んだほうがいいわ」

「ああ」

七兵衛は上の空で応じて、台所に立つお恵の後ろ姿を眺めた。

浅草の奉公先を出て、こちらに越してきてすぐにお恵と知り合った。甘味処の床几に、たまたま隣に座っていた女で、越してきて間もないことを話したのが、親しくなるきっかけだった。

それ以降、ときどき会うようになり、互いのことを知るうちに深い仲になった。美人ではないが、なんともいえぬ色気があり、また苦労してきた女で物わかりがよかった。

「筆学所のほうはどうしたんだね？」

七兵衛は茶を淹れているお恵に声をかけた。

「桜木様の奥様に手伝ってもらうことになったとお話ししたでしょう。今日はその奥様の番だったのよ。はい、どうぞ」

お恵は散らかっている仕事場にあがってきて、湯呑みを置いた。

「その奥様はいつまで手伝ってくれるんだね？」

「ずっとやってほしいわ。そうしないと、七兵衛さんと多く会えないじゃない。七兵衛さんが都合つけるの待っていたら、いつになるかわからないでしょう」

お恵はそういって、すっと膝を崩した。細くて白いきれいな足首がまぶしい。

「それは嬉しいけど、稼ぎが少なくなるのではないか」

「ご心配なく。何とかなりますから。それにわたし、贅沢はしていないし……」

お恵は言葉を切って見つめてくる。七兵衛はその視線を切って茶に口をつけた。

お恵が自分に好意を寄せているのはよくわかっている。七兵衛もお恵を女房にしてもよいと考えていた。だが、二股をかけていた。

もうひとりは今日死体であがったというおしんだ。おしんとは単なる体だけの付き合いだと割り切っていたが、そのおしんが死んだことで七兵衛は動揺していた。

もちろんそのことをお恵には話せない。ところが、そのお恵の口から、

「ねえ、今日女の人の死体が亀島川にあがったんですって。聞いていますか？」

と、問うてきた。

七兵衛は飲んでいた茶を、思わず噴きこぼしそうになった。

「いや、聞いていないね」

父親の六蔵から聞いていたが白《しら》を切った。

「死体はどこのどなたなのかわからないけど、わたしと同じ帯を締めていたらしいの」

「同じ帯……」

七兵衛にはぴんと来た。

「ほら、七兵衛さんがわたしにくださった帯があるでしょ。あれとそっくりの帯を締めていたらしいのよ」

「へえ、そりゃ奇遇だね」

「それで桜木の奥様がそのことを教えに来てくださったの。浮いていた死体を見つけたのもその奥様だったのよ。最初に見つけたのは子供たちだったらしいけど。ねえ、お団子食べましょう。七兵衛さんと最初に会った甘味処で買ってきたのよ」

最初に会ったのは稲荷橋のそばにある「やなぎ」という甘味処だった。

「あの店のかい……」

「そう、あの店のお団子おいしいでしょう。七兵衛さんもおいしいっていってたじゃない」

七兵衛は団子に視線を注いだ。蓬《よもぎ》団子だった。

「せっかくだからいただくよ。で、その女の人はどうして死んでいたんだろう？」

七兵衛は団子に手を伸ばした。そのとき傾いた日の光が、仕事場に差し込んできた。

「さあ、どうしてでしょう。身投げだったのか、殺されたのか……。町方が調べているでしょうから、いずれわかるでしょう。あ、やっぱりこのお団子おいしい」

お恵は嬉しそうに微笑む。

そのとき、戸口に人が立った。

「邪魔をするぜ。七兵衛だな」

七兵衛は顔をこわばらせた。見るからに町方同心だとわかったからだ。背後に二人の手下《てした》を連れていた。

「南町の羽田秀五郎《はねだしゅうごろう》という。ちょいと聞きてェことがあるんだが、お客かい？」

羽田秀五郎と名乗った同心は、ちらりとお恵を見て気にした。

「あ、まあ。どんなご用件でしょう」

「おめえさん、おしんという女を知らないか？」

秀五郎は視線を外さずに見てくる。何もかも調べているんだという目つきだ。

嘘はつけそうになかった。

「おしんとおっしゃると、永島町《ながしまちょう》の方でしょうか」

「おう、そうだ。そのおしんがな……」

秀五郎は三和土に足を踏み入れ、ゆっくりと仕事場の上がり口に腰を下ろした。

「今日の昼間、亀島川に浮かんだんだ。殺しだ」

「……………」

七兵衛はすぐに返事ができなかった。

「おしんは細い紐で首を絞められて死んでいた。下手人はご丁寧にその足に石を括《くく》りつけて重しにしていたが、死体は案外浮くのが早いんだ」

秀五郎は蒼白になっている七兵衛から視線をそらさないでつづける。

「昨夜、おめえさんはそのおしんの家を訪ねていねえか。……嘘はいけねえぜ」

七兵衛は万事休すだと思った。一度お恵を見てから答えた。

「訪ねてはいますが、五つ（午後八時）過ぎにはここに戻ってきています。わたしがおしんさんの家を出るときには、お元気でしたが……」

「おしんの家で何をしていたんだ？」

「何をって……他愛もない世間話をしただけです」

「それで五つ過ぎにはこの家に戻ってきた。てことは、五つ前におしんの家を出たんだな」

「へえ」

「おしんとはどんな仲だったのだ？」

「どんな仲って……ただの知り合いです」

「ほう、そうかい」

秀五郎は信じていない顔だ。七兵衛は大方のことを聞き調べているのだろうと思った。もう心の臓がドキドキと高鳴り、手がふるえそうになっていた。

「七兵衛、ここじゃなんだ。客の手前もあるから、そこの番屋に付き合ってくれ。いろいろと聞かなきゃならねえことがある」

秀五郎は立ちあがって表に戻り、

「なに、手間はかけねえさ」

と、言葉を足した。

「い、いったいどうなっているの、七兵衛さん」

お恵がおろおろした顔を向けてきたが、七兵衛は生唾を呑むのが精いっぱいだった。

七

清兵衛の散歩はいつもより長くなった。

町には亀島川であがった女の死体の噂が広がっており、暇な身を持て余している清兵衛は興味を示さずにはいられなかった。もともと町奉行所の与力でもあったから、聞いた話をもとにいろいろ推量する。

だからといって、受け持ちの与力や同心の調べに介入するつもりなど、さらさらない。あくまでも自分なりに考えるだけだ。

死体であがったのはおしんという女だった。年は三十三歳。住まいは死体の見つけられた亀島川に近い永島町。そして、おしんは佐兵衛《さへえ》という材木問屋の主に囲われていたことがわかっていた。

清兵衛はおしんを妾にしていた材木問屋・伊豆屋をたしかめ、その足でおしんの家も見に行った。永島町にあるおしんの住まいは、長屋ではなく庭付きの小さな一軒家だった。

伊豆屋は亀島川を挟んだ対岸にある。

（まさか、伊豆屋が……）

おそらく、真っ先に疑いの目を向けられるのは伊豆屋佐兵衛だろうが、もしそうであるならこの一件はあっという間に片がつくはずだ。

しかし、殺しの手口が気に入らない。細紐で首を絞めて殺し、そのあと石の重しをつけて川に投げ込んでいる。

問題はそれがいつだったかである。

勝手な推量をしながらぶらぶらと歩いていると、「桜木様」と声をかけられた。

甘味処「やなぎ」の前だったのだ。

盆を抱え持ったおいとが、ニコニコした顔を向けていた。

「雨があがってよかったね」

清兵衛は声をかけておいとのそばにある床几に腰掛け、茶を注文した。

西日が歩く人の影を長くしていた。店の幟《のぼり》もうっすらと夕日に染められている。

「どこへ行ってらしたのですか？」

茶を運んできたおいとが、くるっとした愛らしい目を向けてくる。

「その辺だ。ところで今日、この近くで死体があがったらしいではないか」

「そうなんです。怖いことです」

「ほう、やはり知っていたか」

清兵衛は茶に口をつけておいとを見た。

「だって、すぐそこの亀島川に浮いていたんですよ。何の騒ぎだろうと思ったら、女の人の死体だと聞いて、わたしは見に行くのをやめました」

「死体なんて見るものではないからな」

「でも、殺されて川に投げられたみたいですね。ひどいことをする人がいるもんだわ」

　噂はおいとの耳にも入っているようだ。

「誰がそんな怖ろしいことをしたんだろうね」

「どうして殺されるようなことになったのか知りませんが、怖いことです。ああ、いやだわ。その人殺しがこの近くにいるかもしれないんですね」

「さあ、それはどうだろう」

　清兵衛は暮れはじめた空を眺めた。雨雲の払われた空には白い雲が浮かんでおり、それがみかん色に染まっていた。

「あ、こんにちは。いまお帰りですか？」

　おいとが店の前を歩きすぎようとした女に声をかけた。清兵衛がその女を見ると、何もいわずに軽く会釈をして歩き去った。

「あら、どうしたのかしら？」

　おいとは歩き去った女の後ろ姿を見て首をかしげる。

「知り合いかね？」

「ええ、ときどき見えるんです。今日もお団子を買ってくださったんです。円覚寺で筆学所をやってらっしゃるお師匠さんです」

（それじゃあの女がお恵か……）

清兵衛が視線を向け直したとき、お恵の姿はもう見えなくなっていた。

「どんなお師匠さんだね？」

妻の安江からお恵のことは聞いているが、興味本位で問うてみた。

「子供が大好きなんですね。教わっている子供たちもお恵さんのことを慕っています」

やはりお恵なのだ。

「でも、お気の毒なんですよ。ご亭主に早く死なれ、残ったお子さんにも死なれていらっしゃるんです。それでも明るく生きてらっしゃる」

「ふむ」

その辺のことは安江からも聞いていた。清兵衛は茶を飲む。

「でも、いいこともあるんですね」

おいとは頬をゆるめて嬉しそうな顔をする。

「いいこととは……」

「たまたまなんでしょうけど、ここで、そう、丁度いま桜木様が座ってらっしゃるその床几で、七兵衛さんという人と知り合って、それから仲良くなられているんです」

「仲良くね。その七兵衛という人は？」

「組糸屋さんです。半年ほど前に浅草から越してみえた職人さんです。ちょっと役者みたいにいい男の人です。ときどきいっしょに見えることもあるんですよ」

「するとお恵さんとその七兵衛は付き合っているのかね」

さあ、それはどうでしょうと、おいとは首をかしげ、

「あ、長話しているとまたおっかさんに怒られてしまう。桜木様、ゆっくりしていってください」

と、いって奥に下がった。

清兵衛は暮れゆく空を眺めて茶を飲むと、腰をあげて家路についたが、

（あれ）

と、気づいたことがあり、はたと足を止めた。

腰が治っているのだ。痛みも何もない。試しに腰に手をあてて押してみたが、痛みはなかった。

（よかった。治った）

清兵衛はすっかり気をよくして、家の玄関に入った。

「ただいま帰った」

「あら、ずいぶん遅かったですわね」

さほどでもないが、安江はそんなことをいって濯《すす》ぎを運んできた。

「腰が治ったよ。揉み療治がよかったみたいだ」

「それは何よりでした。良明さんは噂どおりの人だったのですね」

「また、何かあったら良明殿に頼もう」

「頼む前に腰を大事にするのが先ですよ」

「わかっているよ」

清兵衛は雑巾をわたして居間に行った。

「ごめんくださいまし」

玄関に女の声があったのは、清兵衛が居間に腰を下ろしたときだった。

「あら、お恵さん」

「少しお話しできますか……」

訪ねてきたのは、清兵衛がさっき「やなぎ」の前で見かけたお恵だった。聞き耳を立てたが、話は聞こえてこなかった。しばらくして安江がやって来て、

「あなた様、少し出かけてきます。すぐに戻りますから」

といって、家を出て行った。

八

安江はすぐに戻るといったが、なかなか戻ってこなかった。

清兵衛は腹が空いている。何かないかと台所を漁るが、酒の肴になりそうな漬物と梅干しぐらいしかなかった。

表はもう暗くなっている。

「いったい何の話があるというのだ。女の話は長いとはいうが……」

愚痴を漏らす清兵衛は酒徳利を引き寄せ、湯呑みについで冷や酒をちびちびやりはじめる。肴は梅干しだ。梅干しさえあれば、三合は飲めるという者がいるが、そんなやつの気が知れない。

「何かないか……」

ごそごそと茶簞笥や台所をなおも探していると、やっと安江が帰ってきた。

「遅くなりました」

「腹が空いたので、酒を飲んで暇を潰しておった」

「それはすみません。いま夕餉の支度をしますから」

安江はそういったあとで、すぐに言葉をついだ。

「ちょっと大変なことを聞いたんです」

「大変なこと……なんだね」

清兵衛は酒に口をつける。

「さっき見えた方がお恵さんとおっしゃるんですけど、じつはお恵さんがいっしょになろうと思っていた人に、殺しの疑いがかけられているらしいのです」

「殺しの……疑い……」

「今日、亀島川であがった女の方の死体ですよ」

清兵衛は眉宇をひそめた。

「口止めされたのですけど、あなた様だからお話ししますが、かまえて……」

これですよと、安江は口の前に指を立てて話した。

「お恵さんには好いた人がいるんです。七兵衛さんという組糸の職人ですが、その七兵衛さんは殺されたおしんさんという人とも、あきれたことにただならぬ仲だったらしいのです。つまり、七兵衛さんは二股をかけていたことになります。それに昨夜、七兵衛さんはおしんさんの家を訪ねていたのです。おしんさんが殺されたのは昨夜のことで、七兵衛さんが疑われているのですが、七兵衛さんは決して自分ではないと、町方の調べに無実を訴えています。お恵さんはそのことを知ってずいぶん気落ちされているんですが、七兵衛さんを信じたいとおっしゃるのです。それでどうしたらよいだろうかと相談を受けたのですけれど、わたしには何とも答えようがないではありませんか」

「ふむ、なるほど……」

清兵衛は酒を嘗めるように飲んで、短く視線を彷徨《さまよ》わせた。

「どうしたらよいと思います？」

「それは困ったことだが、七兵衛には自分がやっていないという証拠はあるのかね？」

「それはわかりません」

「おしんという女は伊豆屋という材木問屋の主に囲われていたと聞いているが……」

安江は目をまるくして、なぜ知っているのです、と問う。

「昼間、そんな噂を聞いたのだ。伊豆屋に聞いたわけではないが……」

「おそらく伊豆屋さんも調べられているはずです。もし、伊豆屋さんが下手人なら七兵衛さんは無実ということになりますが……」

「そうであろうが、お恵殿は七兵衛と殺されたおしんの仲を知っていたのだろうか？」

「知らなかったとおっしゃいました」

「たしかだろうな」

「どうしてそんなことをおっしゃるんです」

「お恵殿は七兵衛に惚れていた。七兵衛もお恵殿の気持ちに応えてはいたが、他に女がいた。そのことを知った女はどうするだろうか？」

「わたしだったら騙されたと思って、潔く身を引くと思います。悔しいでしょうけど」

「そうであろうな。さりながら人は同じ考えをしないし、もしお恵殿が七兵衛に一途《いちず》な思いを抱いていたならどうであろうか。お恵殿にとっておしんは邪魔者だ。恋敵であるからな」

「それじゃお恵さんが殺したと……」

「そういっているのではない。そんな考え方もできるということだ。それで、お恵殿は昨晩どこで何をしていたのだろうか」

安江はぱちくりと睫毛《まつげ》を動かした。

「それは聞いていません」

「また、こういうことがあるかもしれぬ。むろん、どこまで御番所の同心が調べているか知らぬが、もし伊豆屋佐兵衛がおしんと七兵衛の仲を知っていたなら、ただではすまないのではないかな。じつは殺されたおしんの家を見てきたが、小さいながらも庭付きの一軒家だった。伊豆屋はそれだけおしんを大切にしていたと考えられる」

「それじゃ伊豆屋さんが嫉妬に駆られておしんさんを殺したと……」

「さような考えもできる。あくまでも仮の話だ」

安江は感心したように目をしばたたく。

「たしかにいろいろな考えができるでしょうが……」

「それから七兵衛が手を下したと考えることもできる。町方はそう考えて調べをしたのだろう。それに七兵衛は昨夜おしんを訪ねているのだったな」

「そう聞きました」

「もし、七兵衛がおしんと縁切り話をしたとして、話がこじれ、過ちを犯してしまったということもある」

安江は「はー」と感心顔をした。

「やはり、元与力だけあってあなた様はいろいろなことをお考えになるのですね」

「いろいろと推量はできるが、とにかく疑われている七兵衛が無実なら、その証拠を示さなければならぬ。あるいは、真《しん》の下手人が見つけられるかだ。ところで、七兵衛はどこにいるのだね。大番屋あたりに留め置かれているのかね？」

「さあ、それは……聞いていません」

安江は困った顔をした。

清兵衛は少し考えて、安江をまっすぐ見た。

「そなたはお恵殿は無実だと信じているのだな」

「あの方は人を殺すような人ではありません」

「七兵衛はどうだろう……」

「さあ、わたしは会ったことがありませんから」

「言葉は悪いが、七兵衛は二人の女を誑《たぶら》かしていた男だ。おしんが邪魔になって手を下したという推量は捨てきれぬ。また伊豆屋佐兵衛が、嫉妬をして手を下したということもある。それにくわえて、お恵殿が七兵衛とおしんの仲を知って過ちを犯したということもある。いずれにせよ、御番所の者が動いているのだから、わしは無闇なことはできぬ」

「力にはなれないのですね」

安江はしょんぼりとうなだれる。

「明日になればこの一件は落着しているかもしれぬ。とにかく、そなたが気を揉んで片づくことではない」

「それはそうでしょうが……そうですか……」

「安江、腹が減っているのだ」

「そうでしたわね」

安江は力ない返事をして立ちあがった。

九

翌朝の食事の席だった。

「やはり、あなた様を頼ることはできませんわね。いまは隠居の身なのですからね」

安江が清兵衛に味噌汁をわたしながら、ぽつりとつぶやいた。

「七兵衛のことか……」

「それもありますけれど、お恵さんのことです。女としてやはり心配ですわ。誤ったことをなさらなければよいのですけど……」

「誤ったこと？」

清兵衛は味噌汁をすすってから安江を見た。

「そんなことはないと思うのですけど、ご亭主とお子さんを亡くされ、やっと独り立ちをして、悲しみが癒えたときにこの人はと思える人に出会ったのに、その人が殺しの疑いをかけられているのです。昨日はずいぶん気落ちされていて……」

清兵衛は昨日の夕暮れ、「やなぎ」の前を歩き去ったお恵の姿を思い浮かべた。たしかに悄然としていた。おいとが明るい挨拶をしても、お恵はそのまま行ってしまった。そんな様子を見て、おいとは訝しげな顔をした。

「お恵殿の家はどこだね。そなたが世話になっている人だから、挨拶を兼ねて訪ねるのは悪くなかろう」

安江はパッと目を輝かした。

「力になってくださるのね」

「力になれるかどうかわからぬが、まあ、そなたがそこまで心配するなら、じっとはしておれぬだろう」

清兵衛がそう答えると、安江は現金なことをいう。

「やっぱりあなた様は頼れる人です。たくさん食べてください。はい、お替わりは？」

「もう十分だ」

朝餉をすませた清兵衛は着替えをして家を出た。しばらく鬱陶しい雨がつづいていたが、その日は朝からからっと晴れていた。鶯や目白も楽しそうに囀っている。

安江から聞いたお恵の家は、本湊町の北外れにある長屋だった。亭主連中が出払ったあとらしく、何となくのんびりした空気があった。

木戸口を入って四軒目の家がお恵の住まいだった。腰高障子は閉められている。

「ごめん、桜木と申すが、お恵殿はいらっしゃいますか？」

声をかけると物音がして、すぐに戸が引き開けられた。驚いたように目を大きく見開いていた。

「お恵殿ですな。うちの妻がお世話になっております」

「あ、こちらこそお世話になり、助けられております。一度ご挨拶をと考えていたのですけれど、大変失礼をしております」

少し物憂い顔をしているが、男好きのする女だ。

「少しお邪魔してよいかな？」

お恵は慌てたように家のなかに顔を戻し、

「狭くて散らかっていて恥ずかしいのですが……」

そういってから清兵衛を家のなかに入れてくれた。清兵衛は誤解を招かないように、戸を閉めずに開け放しておいた。

清兵衛は上がり框に腰掛けると、家のなかをざっと眺めた。

寄付きの四畳半に文机、箪笥と茶箪笥。奥に濡れ縁があり、庇《ひさし》に吊るした衣紋掛けに浴衣と単衣の着物を干してあった。

「いま、お茶を……」

「ああ、おかまいなく、すぐに帰りますので」

清兵衛は手をあげて断り、

「妻には口止めをされたようだが、ちょっと話を聞いたのだよ」

と、早速切り出した。

お恵は少し表情をかたくして居間に座った。

「昨日、亀島川で女の死体があがったことだ。なんでも殺されて川に沈められたということであるが、そなたはどこまで知っている？」

清兵衛はお恵を見つめる。心にやましいものがあれば、表情に変化がある。

「どこまでとおっしゃっても、わたしにはよくわからないのです」

お恵は悲痛な表情で唇を結んだ。

「そなたは七兵衛という組糸屋とよい仲だと聞いたのだが、その七兵衛に疑いがかかっているらしいな」

お恵は目をみはった。

「死体であがった女は、細紐で首を絞められ、そのあとで川に沈められていたらしい。女はおしんという名で、川口町の材木問屋の妾であった。そのことは知っていただろうか？」

「いいえ、わたしは何も……」

お恵は首を振った。

「七兵衛とそのおしんがよい仲だったというのも知らなかった？」

っています」

「まったく知りませんでした。でも、七兵衛さんはいい寄られていただけだとい
「おしんと七兵衛が、そんな関係だったというのを知ったのはいつだね？」

「あの、なぜ、そんなことを……」

「いつ知ったのかね？」

清兵衛はもう一度問うた。

「七兵衛さんを調べに来た町方の話を聞いたときです」

「そなたは七兵衛が無実だと信じているのだね」

「はい」

「七兵衛が無実だというのをはっきりさせたいのだ。余計なお節介で迷惑であろうが、昨夜から妻が心配のしどおしなのだよ」

「申しわけございません。わたしが変に相談をしたせいですね」

「気にすることはない。それで、そなたは一昨夜はどこで何をしていた？」

「わたしのことでございますか」

お恵はどうしてそんなことを聞くのだという顔をした。

「一昨日《おととい》は雨でしたのでずっと家にいました。ほんとうは七兵衛さんに会うはず

だったのですが、一昨夜はあの人に外せない用があるといわれたので……」

「一昨夜、そなたがここにいた証拠はあるかな？　こんなことを聞くのは、もし町方がそなたと七兵衛の関係を知れば、そなたにも疑いがかかるからだ」

「わたしにですか……」

お恵は驚き顔をする。

「さよう、町方は重箱の隅をつつくように何でも調べる。その前にそなたが無実だということを、はっきりさせておかなければならぬ」

お恵はうつむいて少し考えてから顔をあげた。

「お隣のおかみさんが遊びに見えています。五つ頃でした。それから床に就く前に、お借りしていた砥石をお向かいに返しにいきました」

「何刻頃だね？」

「五つ半（午後九時）頃だったはずです」

「床に就いたのはそのあとで、朝まで長屋から出てはいないのだね」

「はい」

それだけでは十分ではないが、とりあえずお恵の犯行ではないだろうと清兵衛は考えた。

「七兵衛からも話を聞きたいのだが、家を教えてくれないか？」

「でしたらわたしが案内いたします」

　お恵の家を出たのはそれからすぐだった。清兵衛は自分が元与力だというのを打ちあけようかと考えたが、安江もそのことは話していないというので、ひとまず黙っておくことにした。

「あそこの店がそうです」

　案内をしたお恵が立ち止まって、七兵衛の店を示した。

　本八丁堀の通りから脇に入った店だった。戸は閉められているので七兵衛がいるかどうかはわからない。

　戸口の脇に「組糸屋　七松」という掛け看板があった。

十

　清兵衛は七兵衛の店の戸口前に立った。腰高障子にも店名が書かれていた。

「失礼いたす」

　清兵衛は声をかけて戸を引き開けた。目の前がすぐ仕事場になっており、そこに七兵衛が座っていた。清兵衛は留守でなかったことに、内心で胸を撫で下ろした。

「七兵衛だな」

「へえ」

七兵衛はかたい表情を向けてきた。それから清兵衛の後ろに立っているお恵を見て、少し驚き顔をした。

「ちょいと話を聞かせてもらいたい」

「いったい何のご用で……」

「わたしの筆学所を手伝ってくださっている安江様の旦那様です。七兵衛さんの力になってくださるはずです」

お恵が早口でいった。

「わたしの力に……」

「昨日、七兵衛さんは町方に疑われたでしょう。それとももう疑いは晴れたの？」

「いや、まだ疑われたままだよ。また来ると町方はいっていたから……」

「調べに来たのは誰だね？」

清兵衛は土間に入り、仕事場の上がり口に腰を下ろした。

「南御番所の羽田とおっしゃる同心です」

清兵衛は知っていた。羽田秀五郎だ。

「それでどこまで調べられた？」

「一昨日のことをあれこれ聞かれました。わたしはありのままを話しただけです」

「それを聞かせてくれぬか」

七兵衛は少し躊躇《ためら》って、お恵に顔を向けた。

「お恵さん、悪いが外してくれないか」

お恵は不服そうな顔をした。

「頼む」

もう一度七兵衛がいうと、お恵は小さな吐息をついて背を向けて去った。

「わたしの力になってくださるのですか？」

お恵の姿が見えなくなってから、七兵衛は清兵衛を見た。

「そのつもりだ」

「それじゃどこからお話しすれば……」

「一昨晩おしんの家に行ったと聞いているが……」

「行きました。仕事を切りあげたあとなので、六つ（午後六時）頃だったはずです。わたしはおしんさんとちょっとした仲でした。ですが、本気ではありません。おしんさんにいい寄られて、それで妙なことになったんですが……」

「妙なこと？」

七兵衛は首を小さく振ってから清兵衛を見た。

「据え膳食わぬは……ってやつです」

「なるほど、さようなことか」

「しかし、わたしは本気ではありませんでした。あの人が伊豆屋の旦那の妾だと知ってからは、なるべく会わないようにしていたんです。ですが、暇を見てはこの店に来るようになり、わたしは迷惑でした。だから、一昨夜はこれ以上自分にかまわないでくれと、はっきりいいに行ったんです。なかなか納得してくれず往生しましたが、とにかくわたしはもう会う気がないので、会いに来てもらいたくないといって帰ってきました」

「それは何刻頃だね？」

「五つ頃だったはずです」

清兵衛は短く考えた。おしんが殺された時刻がわかっていない。おそらく、この一件を調べている羽田秀五郎は、おしんが殺された時刻に見当をつけているはずだ。検死をすればおおよそのことはわかる。

「ここには組紐がたくさんあるな」

清兵衛は部屋のなかを見まわした。そこらじゅうに組糸やその材料、そして糸を組むための道具がある。出来上がっている帯締めや刀の下げ緒なども束ねてあった。

「おしんは首を絞められて殺されていたそうだ。首は細紐で絞められていた」

「わたしが自分の組糸を使ったとお考えですか。とんでもない。わたしは決してそんなことはしていません」

七兵衛は色白の顔を紅潮させた。心外だという顔だが、清兵衛は意に介さず問いかけた。

「伊豆屋のことをどこまで知っている?」

「よくは知りませんが、おとっつぁんが長年世話になっていた店なので、佐兵衛の旦那や他の職人の顔は知っています」

「ほう、そなたの親は伊豆屋にいたのか?」

「木挽職人をやっていたのですが、仕事中に右腕を怪我していまは隠居しています」

「なるほど。で、そなたとおしんがよい仲になったのを、伊豆屋は知っていただろうか？」

七兵衛はその問いに少し時間をかけて答えた。

「おそらく知らなかったと思いますが、よくはわかりません。おしんさんの家と伊豆屋は川を挟んでいるとはいえ近くですから……」

「おしんは伊豆屋のことを話したかね？」

「ええ。よくしてもらっているけど、別れたくて仕方がないといっていました。わたしといっしょに逃げてくれないかと相談されたこともあります」

「それで……」

「もちろんそんなことはできませんから断りました」

清兵衛はふうむとうなって、近くにあった刀の下げ緒を手に取った。金・銀・赤・緑のそれぞれの絹糸で織り込まれていた。なかなかいい下げ緒だ。

その下げ緒で人の首を絞めることもできる。だが、そのことは口にせず、他のことを聞いた。

「おしんとそなたの関係にお恵は気づいていただろうか？」

七兵衛は真っ直ぐな目を向けてきた。

「……気づいていなかったはずです。わたしは後ろめたさを感じながらも、知られないようにしていましたから」

「おしんはお恵のことを知っていただろうか？」

「いや、知らなかったはずです」

清兵衛はそこで切りあげることにした。

「いろいろといやなことを聞いてすまなんだ」

「いえ」

「それから、わたしがここに来て話を聞いたことは、羽田殿には内密にしておいてくれぬか。知られるといろいろと面倒なことになるのだ」

七兵衛は少し考えてから、わかりましたと答えた。

十一

清兵衛は通りを歩きながら腕組みをして考えていた。

七兵衛が無実であるなら、おしんは一昨日の宵《よい》五つ（午後八時）以降に殺されていなければならない。それ以前に殺されているなら七兵衛への疑いは残ったままだ。

しかし、今朝は七兵衛は自分の店にいた。つまり、詮議をしている羽田秀五郎は、七兵衛の仕業だとする証拠をつかんでいないことになる。

お恵にもおしん殺しの嫌疑はあるが、そうだという決め手はない。それに、おしんが宵五つ以降に殺されているなら、お恵を疑う余地はない。

つまるところ肝要なのは、おしんがいつ殺されたかである。それがわからないと前には進めない。しかし、そのことを知るには、詮議にあたっている羽田秀五郎に会って聞くしかないが、会えば煙たがられるのは目に見えている。

（さて、どうしたものか……）

清兵衛は立ち止まって空を舞う鳶を眺めた。

待てよと思ったのは、そのときだ。もう下手人は召し捕らえられているかもしれない。疑われていた七兵衛の店に、羽田秀五郎が今朝あらわれていないのは、そのためではないか。だったら下手人は誰だったのか？

清兵衛はこれまで聞いた話を、頭のなかで整理した。

疑わしき者は、

七兵衛

お恵

そして、伊豆屋の主・佐兵衛

その三人であるが、七兵衛もお恵もいまのところ町方の手からは無事だ。

(すると、伊豆屋佐兵衛か……)

確信はないが、佐兵衛にはおしんを殺すだけの動機がある。

いわば佐兵衛にとっておしんは、捨てがたい情婦だったはずだ。小さいとはいえ、庭付きの家に住まわせている。

それは誰にも邪魔されずに、おしんと濃密な時間を過ごすための家である。その家に、おしんは男を引き込んでいた。

そのことをもし、佐兵衛が知ったならどうであろうか。おそらく佐兵衛にかぎらず、大抵の男は許さないはずだ。

すると一昨夜、おしんの家を訪ねた七兵衛が帰ったあとで、佐兵衛が乗り込んで諍《いさか》いを起こしたとすれば……。

清兵衛は遠くに視線を飛ばし、高橋の近くに立っている柳の木を凝視した。長くて青い枝葉がゆっくり揺れている。

（伊豆屋に行ってたしかめるしかない）

立ち止まっていた清兵衛は再び歩きはじめた。

もし、佐兵衛が捕らえられているなら、お恵も七兵衛も、そして安江の心配も杞憂《きゆう》だったことになる。

（さて、どうであろうか）

清兵衛は足を急がせた。

材木問屋「伊豆屋」は間口五間、奥行き十間の大きな店だった。店の脇にはずらりと丸太が立てかけてあり、亀島川に面した裏側には材木船をつける桟橋があった。

清兵衛は伊豆屋の反対側にある茶屋の床几に座り、しばらく店の様子を眺めた。主の佐兵衛がどんな男かわからないが、店の大きさから想像するに裕福な商人であるのは間違いないだろう。

その佐兵衛がおしん殺しの疑いをかけられ、召し捕られていれば、店の様子は混乱しているはずだが、奉公人や職人らは仕事に精を出しているし、客と談笑している者もいる。

(佐兵衛はどうなっているのだ)

清兵衛は内心につぶやきを漏らし、茶のお替わりをするついでに、

「伊豆屋の旦那は元気かね」

と、問うてみた。

「へえ、佐兵衛の旦那は元気ですよ。昨日は何だか騒々しかったですけど……」

「騒々しかったというのは?」

清兵衛は白粉《おしろい》を塗りたくっている四十年増の女を見た。

「すぐ先の川で死体があがったんですよ。その調べが伊豆屋さんにもあったみたいなんです。どういうことだかよくわかりませんが……」

店の女は佐兵衛とおしんの関係を知らないようだ。

清兵衛は伊豆屋に視線を戻して、問いを重ねた。

「伊豆屋のおかみも元気なんだろうね」

「元気ですよ。さっき、娘さんを連れて出かけていかれたばかりです。お侍さん、何か伊豆屋さんにご用でも……」

店の女は怪訝そうな顔をした。

「ちょいと知り合いなのだよ。これから挨拶に行こうと思ってな」

適当に誤魔化すと、店の女はひょいと首をすくめて下がった。

清兵衛は疑わしき者がもうひとりいることに気づいた。佐兵衛の女房だ。亭主が近くに妾を囲っているのを知っていれば、心穏やかでなかったはずだ。殺したいほど憎んでいたかもしれない。

しかし、それは清兵衛の勝手な推量である。茶屋の女は、伊豆屋のおかみが娘と出かけたといった。

すると、疑いはかけられていないということか……。

伊豆屋を訪ねて、直接話を聞きたいが、そんなことをすれば調べを受け持っている羽田秀五郎の邪魔をすることになる。元町奉行所の与力だといっても、いまは隠居の身だから出しゃばったことはできない。

だが、店の様子を見るためにひやかしを装って訪ねることはできる。

（そうするか）

清兵衛は茶代を床几に置いて立ちあがった。

声をかけられたのは茶屋を離れてすぐだった。

十二

「桜木様、やはりそうですよね」

声をかけてきたのは、南町奉行所の定町廻り同心の羽田秀五郎だった。

「おお秀五郎、これは久しぶりであるな。達者そうで何よりだ」

「桜木様もお変わりないようで何よりです」

言葉を交わしているそばから、秀五郎の連れている二人の小者が会釈をした。

「ひょっとしてそこの川であがった女の一件か？」

清兵衛は知っているが、とぼけて聞いた。

「さようです。往生しています」

「往生するとは、やり手同心のおぬしらしくないな」

「いつも思いどおりに詮議できるとはかぎりませんので……お暇なのですか？」

「隠居の身だ。暇を持て余しておる」

「お急ぎでなければ、少しお付き合いいただけませんか。久しぶりにお目にかかれたのです……」

清兵衛に断る理由はないどころか、望むところであった。

また、同じ茶屋に入り秀五郎と並んで座った。彼は清兵衛が現役の頃、直心影《じきしんかげ》流の道場で面倒を見た男なのでよく知った仲である。

清兵衛は短い近況を話したあとで、

「あがった女の死体は、そこの伊豆屋の妾だったらしいではないか。それも殺しだと聞いているが、下手人の手掛かりはもうつかめているのだろう」

と、水を向けた。

「嫌疑をかけたやつは何人かいるんですが、これだという決め手がありませんで……。しかし、噂はもう桜木様の耳にも……」

秀五郎は顔を向けてくる。団子鼻に大きな口、太い眉に大きな吊り目は昔と変わらないが、しわが深くなっていた。清兵衛より十歳ほど下のはずだった。

「入るも入らぬも、その死体を見つけたのは、うちの妻と知り合いの子供たちだったのだ」

秀五郎は「へっ」と驚きの声を漏らした。

「見つけたのは子供と、お武家の奥方だと番屋で聞きましたが、するとその奥方が桜木様の奥様だったのですね。これはまたとんだ失礼をいたしました。それにしても妙な死体でした」

「妙なというのは……」

清兵衛は茶に口をつけて秀五郎を見る。

「殺されたおしんという女は浴衣を着ていたのですが、浴衣にはしないであろう帯を近くに浮かべていたのです。それに浴衣は紐で結んでいたのです」

それは初耳だった。やはり、最初に調べをした者から話を聞くとためになる。

「なるほど、帯ね。それで、伊豆屋はどうなのだ？　おしんという妾は？　伊豆屋と揉めていたとか……」

「いえ、そんなことはありません。わたしも伊豆屋を疑いましたが、おしんが殺された晩に伊豆屋の夫婦は寄合に行っておりまして、できる仕業ではありません。それに寄合には店の番頭と手代を連れて行っているので、疑いの余地はありません」

「おしんが殺された時刻に見当はついているのか？」

もっとも知りたいことだが、清兵衛はさらりと聞いて茶に口をつける。

「検死のかぎりですが、見つけられたときにはおそらく半日はたっていたはずですから、前の晩の九つ（午前零時）あたりではないかと……」

「九つ頃か……」

清兵衛はぽつりとつぶやく。正確な時刻は割り出せないので、多分に前後一刻（約二時間）の幅があると考えていい。

「その晩は雨だったたな」

「さようです。天気も天気ですが、時刻も時刻なので見ている者は誰もいません
で……」

「細紐で首を絞められていたと聞いているが、得物は？」

「得物は見つかりませんが、首には絞められた痕がくっきりと残っていました」

「いずれにしろ、おぞましいことだ。それでどこへ行くのだ？」

「殺されたおしんは七兵衛という職人とも情を通じていたんですが、その七兵衛の親父がいるんです。ちょいと話を聞かなければなりません」

この嫌疑は初耳だった。

「その職人の親がどうして……」

「倅のことを思っての仕業ということが考えられるからです。まあ、蓋《ふた》を開けてみなければわかりませんが……。あ、そろそろ行かなければなりません」

秀五郎は四人分の茶代を置くと、小者を連れて歩き去った。

清兵衛はその後ろ姿を見送りながら、

（七兵衛の父親……）

と、内心でつぶやいた。

茶屋をあとにした清兵衛はその足で七兵衛を訪ねた。

戸口にあらわれた清兵衛を見て、七兵衛は少し迷惑そうな顔をしたが、

「今度は何のご用でしょうか？」

と、声を抑えていった。

「そなたには父親がいるのだったな」

清兵衛は図々しく仕事場に入り、勝手に腰を下ろした。

「へえ、いますが……」

「どこに住んでいるのかね？」

「富島町《とみしまちょう》です。おっかさんは死んで居りませんので、独り暮らしです」

「そなたとは仲がよいのだな」

「父と子ですから、まあそれなりに……」

「親父殿は仕事はしていないのだったね？」

「伊豆屋で仕事をしていたんですが、怪我をしていまは隠居の身です。もう歳で

すから仕方ないのですが、生計《たつき》が大変なのでわたしが面倒を見ています。見ているといっても、身の丈に合ったことしかやっていませんが……」

「孝行息子だね」

「あたりまえのことをしているだけです」

七兵衛は感心なことをいう。

「親父殿はそなたとおしんの仲を知っていただろうか？」

清兵衛はさらりと聞いたのだが、七兵衛は驚いたように目をまるくした。それから視線を泳がせた。あきらかに動揺の素振りである。

「どうだろうか？」

「それはわかりません。でも、おとっつぁんは伊豆屋にいたので……」

七兵衛は言葉を切って忙《せわ》しなく視線を動かし、「まさか」とつぶやいた。

清兵衛は眉宇をひそめた。

「まさか、何だね」

「いえ、何でもありません。桜木様、急な用ができましたのでお引き取り願えませんか？」

七兵衛はそういうなり、作業途中の組糸を片づけ、身繕いをする。あきらかにおかしな行動である。

「いったいどうしたというのだね」

「申しわけありません。すっかり忘れていた大事な用を思い出したのです」

「さようか。それなら邪魔をしてはならぬな」

清兵衛は先に立ちあがって表に出たが、そのまま引き下がるつもりはない。七兵衛は何かに気づいたのだ。おそらく此度の一件に関わることにちがいない。先に通りに出ると路地に入り様子を窺った。七兵衛はすぐに店を出てきて、先を急ぐように早足で亀島川のほうへ歩いて行く。清兵衛はあとを尾けた。

十三

七兵衛が行った先は、清兵衛が予測したとおり、自分の父親の家だった。木戸口の掛札に六蔵という名札があった。

清兵衛は七兵衛が六蔵の家に入ってから、戸口に近づいて聞き耳を立てた。戸はしっかり閉められている。

「町方が来たと思ったら、今度はおめえか。仕事はどうした？」

「町方が来たってどういうことだい？」

「おしん殺しのことだよ。あることないことといろいろ聞かれたよ」

秀五郎は六蔵から話を聞いて帰ったのだ。つまり、六蔵は殺しには関わっていないと判断したのだろう。

清兵衛は息を殺し、親子の話に耳を傾ける。

「いろいろってなんだよ？　まさか、おとっつぁん……」

「なんだ、まさかって？」

「この間わたしの店に来たとき、変なことをいっただろう。おしんさんが死んだとき、もう心配はいらないって、ありゃどういうことだったのだい？」

「死んだから……いや、殺されたんだったな。それで安心だと思っただけだ。あの女はろくでもねえ女狐だった。佐兵衛の旦那も質の悪い女を囲っちまって、おりゃあ馬鹿だと思っていたよ。おしんがどんな女か、おめえは知らねえだろうが、あいつはとんだ男狂いだ。佐兵衛の旦那にいい思いをさせてもらっている裏で、隙を見ては漁った男を引っ張り込んでいた。おめえも引っかかった口だからわかるだろうが……」

「わたしとおしんさんのことを知っていたのか？」

「おめえは嘘のつけねえ男だ。こっちに越してきて間もないうちに、おしんに引っかかっちまった。おりゃあ意見しようと思ったが、どうやらおめえは遊びの付き合いをしていると気づいたんだ。そうだろう」

「…………」

「ほら、手習いの師匠がいるだろう。おめえはそっちのほうがお似合いだ。それにおめえだってそう考えていたんじゃねえのか。だから、おしんが殺されたと知って、おりゃあホッとしたよ」

親子の話はつづいていたが、清兵衛はそっとその長屋を離れた。

（下手人は他にいるのだ。いったい誰なのだ）

清兵衛は富島町から川口町を抜け、亀島橋をわたった。それからおしんが住んでいた永島町の家の前に立った。

下手人は雨の降る暗い晩に、おしんの家を訪ねて細紐を使って殺し、足に重しの石を括りつけて川に落として逃げた。

（どこへ……）

清兵衛はあたりに視線をめぐらし、死体となっておしんが浮いていたあたりに目を向けた。川面《かわも》は小さなさざ波を立てながら、明るい日の光を照り返していた。

しかし、おしんが殺された晩は、雨で暗かった。人目もなかっただろう。道は泥濘み、ほうぼうに水溜まりができていたはずだ。

下手人はずぶ濡れになった。そこまで考えたとき、清兵衛の脳裏に閃光が走った。

（まさか……）

ハッと目を輝かして甘味処「やなぎ」のほうを見た。

（そうなのかもしれぬ）

清兵衛はたったいま閃いた勘は外れていないような気がした。目撃者を捜す必要もないと思いもした。

清兵衛は足を急がせて家に帰った。

「安江、安江……」

玄関に入るなり声をかけると、裏の勝手口から前垂れに手拭いを姉さん被りにした安江があらわれた。

「いったい何ですの？」

「いっしょに行ってもらいたいところがある。お恵殿の家だ」

「何かお恵さんにお話でも……」

「さよう。大事な話をしなければならんのだ。とにかくわけは歩きながら話す」

「何だかよくわかりませんけど、それじゃこのままいりましょう。どうせ近くなのですから……」

安江は前垂れを外し、手拭いを剝ぎ取って、二本の指で襟を正した。

清兵衛は家を出ると、ついさっき閃いた考えを手短に話した。

「まさか、そんなことは……」

安江は信じられないといった顔をした。

「わたしもそうでないことを祈るが、話をしてみなければわからぬことだ。話はそなたにやってもらう。よいな」

「うまくできるかどうかわかりませんけど……」

安江は気乗りしない顔をしたが、

「でも、真実ははっきりさせなければなりませんからね」

と、きりっと口を引き結んだ。

二人が訪ねたとき、お恵は台所で漬物を入れた甕をかきまわしているところだった。

「あら、桜木様……。ご夫婦でどうなさったの？」

お恵は立ちあがって、糠味噌《ぬかみそ》のついた手を流しで洗い、どうぞあがってくださいと勧めた。

「お恵さん、この前亀島川で殺されていたおしんさんのことなんです」

安江は居間にあがるなり切り出した。清兵衛は上がり框に腰掛けて家のなかに、視線を這わせた。

「下手人が見つかったのですか？」

「いいえ、そうではありませんが、あなたは七兵衛さんとよい仲ですよね」

お恵は小さくうなずいた。

「でも、七兵衛さんは殺されたおしんさんとも付き合っていた。そのことご存じでした？」

「それは七兵衛さんが町方の同心の調べを受けたときに知りました」

「わたしにそうおっしゃったわね。それで、わたしに筆学所の手伝いを頼まれたのは、七兵衛さんと会う暇を作りたかったからではありませんか？」

お恵は自嘲の笑みを浮かべ、

「正直なことを申せば、そうです。でも、どうしてそんなことを……」

と、小首をかしげた。

「おしんさん殺しの犯人が見つかりそうだからです」

「ほんとに」

お恵は目をしばたたいた。

十四

「その前にお恵さんではないということをはっきりさせたいの。おしんさんが殺されたのは雨の夜でした。その日のことは覚えていますよね」

「まあ、ご主人にも話していますから……」

お恵はちらりと清兵衛を見て答えた。

「わたしにも教えてください」

「あの日は雨でしたから、円覚寺から帰ってくるとずっと家にいました。五つ頃隣のおかみさんが遊びにみえたので世間話をして、それから五つ半頃お向かいに借りた砥石を返しにいきました。床に就いたのはそれからで、朝までぐっすり寝ていました」

お恵は清兵衛に話したことと同じことを口にした。安江が目を向けてきた。こんなことは無駄ですよと、その目がいっていた。

だが、清兵衛は首を横に振ってから口を開いた。

「お恵殿、打ちあけてしまうが、わたしは元は御番所の与力なのだ」

「へっ……」

お恵は驚きに目をみはった。

「いまは隠居の身であるが、嘘をついてはならぬ。正直に答えてもらえるか」

「な、何をでしょう？」

「そなたは七兵衛といっしょになる時を多く作りたいがために、筆学所の勤めを少なくしたかった。そのために安江に習字を受け持たせた。さようだな」

「まあ……」

「七兵衛がおしんと通じていたのは知らなかったといったが、ほんとうは知っていたのではないかね」

「………」

「いつどこでどうやって知ったのかわからぬが、そなたは七兵衛とおしんの仲に嫉妬した。いや、嫉妬せずにはいられなかっただろう。ところで、死体が身につけていた帯だが、そなたの帯とまったく同じだったそうだが、その帯は七兵衛からもらったのだね」

　これは鎌掛けだった。罪人の取り調べにはよく使う手だ。外れたとしても問題にはならないから、清兵衛も現役の頃にはよく使ったものである。

「七兵衛はその同じ帯をおしんにも買い与えていた」

　もう一度鎌を掛けると、お恵は顔をこわばらせた。おそらく図星だったのだ。

「まあ、それはよいとして、そこに干していた着物があったね。いまは仕舞ったみたいだが、ちょいと見せてくれないかね」

「なぜです？」

　お恵の声はふるえていた。

「見せてくれなければ、町方を呼ぶことになるが、いかがする？」

　お恵はいやだというふうに、かぶりを振った。

「まあ、よいだろう」

　清兵衛は立ちあがると、裏の勝手口のそばに置かれている草履を手にした。それをお恵に掲げて見せた。

「この草履は生乾きだ。そして泥がついている。あの雨の晩に履いていった草履ではないかね」

お恵は血の気をなくした顔になっていた。その様子を見ていた安江が口を開いた。

「お恵さん、あなただったの……」

「わ、わたしは許せなかったのです」

お恵は声をふるわせていうと、そのまま畳に突っ伏しておしん殺しを白状した。

七兵衛とおしんがただならぬ関係を結んでいることを知ったのは、つい一月前のことだった。いつか、七兵衛に問いただそうと思っていたが、そんなことをすればかえって突き放されると思い、口にすることはできなかった。

しかし、お恵の嫉妬の炎は日に日に強くなり、おしんが憎くて憎くて仕方なくなった。七兵衛とおしんの仲を裂くにはどうすればよいかいろいろ考えたが、なかなか名案は浮かばなかった。

とにかく七兵衛の気持ちを自分だけに向けなければならない。そのためには、七兵衛との時間を多く持つべきだと考えた。そこで、筆学所の勤めを減らすために、安江に習字を手伝わせたのだが、それで七兵衛と過ごす時間が増えたわけではなかった。

逆に七兵衛とおしんが情を通じ合わせているのを、しっかり知ることになった。

嫉妬と憎悪の炎が頂点に達したのは、件《くだん》の日に七兵衛がおしんの家に行ったことだった。

お恵は気も狂わんばかりに心を乱し、七兵衛を独り占めにするにはおしんを殺すしかないと考えた。

「あの晩、心を掻き乱していたわたしは暗い雨のなか、おしんの家を訪ねて声をかけました。まだおしんは起きていて、すぐ戸口に出てきたのですが、わたしのことを知らないから、どこの誰だと聞いてきました」

「わたしは七兵衛さんの許嫁《いいなずけ》よ」

「あんたが……アハハ、冗談じゃないわよ」

おしんは急に真顔になり、

「七兵衛はわたしの情夫《いろ》なのよ。あんたみたいな女の出る幕はないから、一昨日来やがれってんだ」

というなり、お恵の肩を突いた。

そのせいでお恵は後ろによろけて尻餅をついた。

「こんな遅い晩に迷惑なんだよ。とっとと帰んな」

お恵はそういったおしんをにらみつけ、唇を噛んだ。頭に血が上っていた。

「へん」

おしんがそういって戸を閉めようとしたとき、お恵は素早く立ちあがって、背後から襲いかかった。首を絞めようとしたが、おしんは廊下を這うようにして逃げた。

「やめないかいッ。あ、くぅ、く……」

おしんは逃げながら必死にお恵を振り払おうとした。お恵は腰にしがみついて居間に押し倒した。と、そこに帯締めが転がっていたので、それを手にしておしんの首にまわし、渾身の力を入れて絞めた。

気がついたときには、おしんは息をしていなかった。


「得物は帯締めであったか」

大方の話を聞いたところで、清兵衛は口を挟んだ。

「それで、どうやって亀島川まで運んだのだね」

「家のなかにわたしが七兵衛さんからもらった帯と、瓜二つのものがあったのです。こんな女にも七兵衛さんが帯を贈っていたのだと知りました。でも、そんな帯を持たせておきたくなかった。だから、その帯を使っておしんを川まで引きずって運び、浮かんでこないように近くにあった大きめの石を足に括りつけて、川に落としました」

「石は何を使って括ったのだね？」

「おしんの首を絞めたときに使った帯締めです」

ふるえる声でそういったお恵は、涙まみれになった顔をゆっくりあげて、

「それで、わたしはどうなるのです？　どうしたらよいのでしょう？」

と、問うた。

清兵衛は一拍間を置いてから答えた。

「自訴しなさい。さすれば刑一等は減じられるであろう」

お恵は失意の色もあらわに、また突っ伏して肩をふるわせながら泣いた。

清兵衛はお恵が落ち着くのを、醒《さ》めた目で見守った。

＊

二日後の午後、清兵衛は自分で淹れた茶を飲みながら高く晴れわたっている空

を眺めていた。もう夏である。そろそろ蟬が鳴いてもよい頃だが、まだその声は聞かれなかった。

「ただいま帰りました」

円覚寺に行っていた安江が戻ってきた。

清兵衛は廊下を振り返って、

「いかがした？」

と、問うた。

「ええ、筆子がいるので、お恵さんの代わりをご住職が見つけてくださることになりました」

「それは何よりだ。で、そなたはいかがするのだ？」

「少し考えさせていただきます。ご住職にもそうお伝えしました」

「まあ、その辺はまかせる。しかし、今日は暑いな」

「もう夏ですよ」

「そうだな」

「お恵さん、どうなったかしら……」

安江がそばにやって来て座った。

「どんなお裁きになるかわからぬが、自訴をしたのだ。遠島ぐらいですめばよいが……」

「心根のやさしい人だと思っていたのに……」

安江は残念そうなため息をつく。

「思いあまってのことだったのだろうが、道を誤ってはどうにもならぬ。同情もあるだろうが、引きずってはならぬ」

「潔く忘れろとおっしゃるので……」

「うむ」

清兵衛はうなずいた。

「潔いのが武士の本分ですからねぇ」

そうつぶやいた安江の顔を、清兵衛は眺めた。

「いかがなさいました？　何かついていますか？」

安江は自分の頬のあたりを手で払った。

「いやいや、何でもない。さて、その辺を歩いてくるか」

清兵衛はそのまま立ちあがった。

この作品は文春文庫のために書き下ろされたものです。

DTP制作　エヴリ・シンク

文春文庫

武《ぶ》士《し》の流儀《りゅうぎ》（七）

定価はカバーに
表示してあります

2022年6月10日　第1刷

著　者　稲《いな》葉《ば》　稔《みのる》

発行者　花田朋子

発行所　株式会社　文藝春秋

東京都千代田区紀尾井町3-23　〒102-8008
TEL　03・3265・1211(代)
文藝春秋ホームページ　http://www.bunshun.co.jp

落丁、乱丁本は、お手数ですが小社製作部宛お送り下さい。送料小社負担でお取替致します。

印刷製本・大日本印刷

Printed in Japan
ISBN978-4-16-791890-3

（　）内は解説者。品切の節はご容赦下さい。

朝松　健
血と炎の京《みやこ》
私本・応仁の乱
応仁の乱は地獄の戦さだった。花の都は縦横に走る塹壕で切り刻まれ、唐土の殺戮兵器が唸る。戦場を走る復讐鬼・道賢と、救いを希う日野富子を描く書下ろし歴史伝奇。田中芳樹氏推薦。
あ-85-1

井川香四郎
寅右衛門どの　江戸日記
千両仇討《あだうち》
なんと本物のお殿様におさまってしまった与多寅右衛門、さっそく藩政改革に乗り出すが。古典落語をモチーフにした人気シリーズ第四弾は、人情喜劇にして陰謀渦巻く時代活劇に？
い-79-19

井川香四郎
寅右衛門どの　江戸日記
殿様推参
潰れた藩の影武者だった寅右衛門どのが、いまや本物の殿様にして若年寄。出世しても相変わらずそこつ長屋に出入りし、仲間とともに幕政改革に立ち上がる。ついに最後？の大活躍。
い-79-20

稲葉　稔
すわ切腹
幕府役人事情　浜野徳右衛門
剣の腕を買われ、火付盗賊改に加わった徳右衛門。大店に押し入った賊の仲間割れで殺された男により、窮地に立つことに。何よりも家族が大事なマイホーム侍シリーズ、最終巻。
い-91-6

稲葉　稔
武士の流儀（一）
元は風烈廻りの与力の清兵衛は、倅に家督を譲っての若隠居生活。平穏が一番の毎日だが、若い侍が斬りつけられる現場に居合わせたことで、遺された友の手助けをすることになり……。
い-91-12

稲葉　稔
武士の流儀（二）
清兵衛がある日見かけたのは、若い頃に悪所で行き合った因縁の男・吾市だった。吾市の悪評に胸騒ぎを覚える清兵衛。やがて、織物屋のご隠居が怪我を負わされたと耳にして……。
い-91-13

稲葉　稔
武士の流儀（三）
家督を譲った息子の真之介から、頬に古傷をもつ男が町奉行所に清兵衛を訪ねてきたと聞く。与力時代に世話をした咎人だと考えた清兵衛は、男が住むという長屋を探しに出かけるが……。
い-91-14

（　）内は解説者　品切の節はご容赦下さい

風野真知雄
耳袋秘帖
眠れない凶四郎（一）
妻が池の端の出合い茶屋で何者かに惨殺された。その現場に立ち会って以来南町奉行所の同心、土久呂凶四郎は不眠症に。見かねた奉行の根岸は彼を夜専門の定町回りに任命。江戸の闇を探る！
か-46-38

風野真知雄
耳袋秘帖
眠れない凶四郎（二）
妻を殺された土久呂凶四郎は、不眠症に悩まされながらも夜専門の同心として夜な夜な町を巡回する。静かな夜の江戸に蠢く怪しいものたち。奉行の根岸とともに事件を解決していく。
か-46-39

風野真知雄
耳袋秘帖
眠れない凶四郎（三）
妻・阿久里を殺害されたまま、いまだ手がかりすら摑めない凶四郎。不眠症もいまだ回復せず、今宵もまた、夜の江戸に巡回に出て妻殺害の真相に迫る！　犯人は果たして……。
か-46-40

風野真知雄
耳袋秘帖
眠れない凶四郎（四）
妻殺害の難事件はほろ苦い結末ながらなんとか解決した。が、名奉行根岸の温情により、不眠症がいまだ治らない凶四郎は江戸の闇を今夜も巡る。今度の江戸に巣食う魔物は一体何か？
か-46-41

千野隆司
出世商人《しゅっせあきんど》（一）
急逝した父が遺したのは、借財まみれの小さな艾屋《もぐさや》だった。跡を継ぎ、再建を志した文吉だったが、そこには商人としての大きな壁が待ち受けていた!?　書き下ろし新シリーズ第一弾。
ち-10-1

千野隆司
出世商人（二）
借財を遺し急逝した父の店を守る為、新薬の販売に奔走する文吉。しかし、その薬の効能の良さを知る商売敵から、悪辣な妨害が……。文吉は立派な商人になれるのか。シリーズ第二弾。
ち-10-2

鳥羽　亮
八丁堀「鬼彦組」激闘篇
狼虎の剣
立て続けに発生する、左腕を斬り落とし止めを刺す残虐な辻斬り事件。江戸の町は恐怖に染まった。事態を重く見た奉行所は「鬼彦組」に探索を命じる。賊どもの狙いは何か！
と-26-12

（　）内は解説者。品切の節はご容赦下さい。

鳥羽 亮
暗闘七人
八丁堀「鬼彦組」激闘篇
廻船問屋・松田屋はある藩の交易を一手に引き受けていたが、不審な金の動きに気づいた若旦那が調べ始めた矢先に殺されたという。鬼彦組が動き始める。
と-26-13

鳥羽 亮
蟷螂《かまきり》の男
八丁堀「鬼彦組」激闘篇
ある夜、得体のしれない賊に襲われ殺された材木問屋の主人の遺体に残された傷跡は、鬼彦組の面々が未だ経験したことのない形状だった。かつてない難敵が北町奉行所に襲いかかる！
と-26-14

鳥羽 亮
奇怪な賊
八丁堀「鬼彦組」激闘篇
大店に賊が押し入り番頭が殺され、大金が盗まれた。中からは厳重に戸締りされていて、完全密室状態だった。そしてまた別の店が——一体どうやって忍び込んだのか！　奴らは何者か？
と-26-15

鳥羽 亮
福を呼ぶ賊
八丁堀「鬼彦組」激闘篇
福猫小僧なる独り働きの盗人が、大店に忍び込み、挨拶代わりに招き猫の絵を置いていくという事件が立て続けに起きた。被害にあった店は以前より商売繁盛となるというのだが……。
と-26-16

鳥羽 亮
強奪
八丁堀「鬼彦組」激闘篇
日本橋の薬種問屋に盗賊が入った。被害はおよそ千二百両ほど。ところが翌朝その盗賊たちが遺体で発見された。一体何が起きたのか？　仲間割れか？　鬼彦組に探索の命が下った。
と-26-17

鳥羽 亮
餓狼剣
八丁堀「鬼彦組」激闘篇
またしても、大店に凶賊が押し入り、番頭を無残にも斬り殺して大金を奪い去った。斬り口から判断するにかなり腕の立つ剣術家のようだ……。奉行より探索を命じられた鬼彦組は……。
と-26-18

鳥羽 亮
斬鬼たち
八丁堀「鬼彦組」激闘篇
日本橋川の際で大店の主たちが無残にも斬り殺された。手口からみると、やったのはかなり腕のたつ武士のようだ。半年前の事件に似ていたと睨んだ鬼彦組は前の事件を調べ直し始めた。
と-26-19

藤井邦夫
恋女房
新・秋山久蔵御用控（一）
〝剃刀〟の異名を持つ南町奉行所吟味方与力・秋山久蔵が帰ってきた！　嫡男・大助が成長し、新たな手下も加わってスケールアップした、人気シリーズの第二幕が堂々スタート！
ふ-30-36

藤井邦夫
騙《かた》り屋《や》
新・秋山久蔵御用控（二）
可愛がっている孫に泣きつかれた呉服屋の隠居が金を用立ててやると、実はそれは騙りだった。どうやら年寄り相手に騙りを働く一味がいるらしい。久蔵たちは悪党どもを追い詰める！
ふ-30-37

藤井邦夫
裏切り
新・秋山久蔵御用控（三）
大工と夫婦約束をしていた仲居が己の痕跡を何も残さず姿を消した。太市は大工とともに女の行方を追い見つけたかに思えたが、彼女は見向きもしない。久蔵はある可能性に気づく。
ふ-30-38

藤井邦夫
返討ち
新・秋山久蔵御用控（四）
武家の妻女ふうの女が、名前も家もわからない状態で寺に保護されたが、すぐに姿を消した。女は記憶がない〝ふり〟をしているのではないか――。女の正体、そして目的は何なのか？
ふ-30-39

藤井邦夫
新参者
新・秋山久蔵御用控（五）
旗本を訪ねた帰りに柳河藩士が斬殺された。物盗りの仕業ではなく辻斬りか遺恨と思われた。だが藩では事件を闇に葬ろうとしている。はたして下手人は誰か、そして柳河藩の思惑は？
ふ-30-40

藤井邦夫
忍び恋
新・秋山久蔵御用控（六）
四年前に起きた賭場荒しの件で、江戸から逃げた主犯の浪人がどうやら戻ってきたらしい。しかも、浪人を追う男の影もちらついて……。久蔵の正義が運命を変える？　シリーズ第6弾。
ふ-30-41

藤井邦夫
小糠雨
新・秋山久蔵御用控（七）
町医者と医生の二人が斬殺された。南町奉行所吟味方与力の秋山久蔵は早速、手下に探索を命じるが、事件は久蔵のある過去の出来事と繋がっていて――。大好評シリーズ第7弾。
ふ-30-42

（　）内は解説者。品切の節はご容赦下さい。

藤井邦夫
偽久蔵
新・秋山久蔵御用控（八）
南町奉行所吟味方与力の秋山久蔵の名を騙り、谷中の賭場で貸元から始末金を奪った男が現れた。男は次々と悪事を働き始めるが……。偽者の目的とその正体とは？　シリーズ第8弾。
ふ-30-43

藤原緋沙子
切り絵図屋清七
紅染の雨
武家を離れ、町人として生きる決意をした清七。与一郎や小平次らと切り絵図制作を始めるが、紀の字屋を託してくれた藤兵衛からおゆりの行動を探るよう頼まれて……新シリーズ第二弾。
ふ-31-2

藤原緋沙子
切り絵図屋清七
飛び梅
父が何者かに襲われ、勘定所に関わる大きな不正に気づく清七。武家に戻り、実家を守るべきなのか。切り絵図屋も軌道に乗ったばかりだが――。シリーズ第三弾。
ふ-31-3

藤原緋沙子
切り絵図屋清七
栗めし
二つの殺しの背後に浮上したある同心の名から、勘定奉行の関わる大きな陰謀が見えてきた――大切な人を守るべく、清七と切り絵図屋の仲間が立ち上がる！　人気シリーズ第四弾。
ふ-31-4

藤原緋沙子
切り絵図屋清七
雪晴れ
勘定奉行の不正を探るため旅に出ていた父が、消息を絶った。父の無事を確かめられるのは自分しかいない――清七は切り絵図屋を仲間に託し、急遽江戸を発つ。怒濤の展開の第五弾。
ふ-31-5

藤原緋沙子
切り絵図屋清七
冬の虹
繁盛する紀の字屋を恨む同業者の近江屋が、悪徳商売で店の乗っ取りをはかっているという噂がたつ。一方仲間が身に覚えのない罪で捕まり――。大人気書下ろしシリーズ、最終巻。
ふ-31-6

山本兼一
花鳥の夢
安土桃山時代。足利義輝、織田信長、豊臣秀吉と、権力者たちの要望に応え「洛中洛外図」「四季花鳥図」など時代を拓く絵を描いた狩野永徳。芸術家の苦悩と歓喜を描く。　（澤田瞳子）
や-38-6

山本兼一
夢をまことに（上下）
近江国友の鉄炮鍛冶の一貫斎は旺盛な好奇心から、江戸に出て、失敗を重ねながらも万年筆や反射望遠鏡を日本で最初に作り上げる。江戸に生きた稀代の発明家の生涯。　（田中光敏）
や-38-8

山本周五郎・沢木耕太郎　編
山本周五郎名品館Ⅱ
裏の木戸はあいている
今なお読み継がれる周五郎の作品群から選び抜かれた名品。「ちいさこべ」「法師川八景」「よじょう」「榎物語」「こんち午《うま》の日」「橋の下」「若き日の摂津守」等全九編。　（沢木耕太郎）
や-69-2

山本周五郎・沢木耕太郎　編
山本周五郎名品館Ⅲ
寒橋（さむさばし）
周五郎短編はこれを読め！　短編傑作選の決定版。「落ち梅記」「人情裏長屋」「なんの花か薫る」「かあちゃん」「あすなろう」「落葉の隣り」「釣忍」等全九編。　（沢木耕太郎）
や-69-3

山本周五郎・沢木耕太郎　編
山本周五郎名品館Ⅳ
将監《しょうげん》さまの細みち
時代を越え読み継がれるべき周五郎短編傑作選最終巻。「野分」「並木河岸」「墨丸」「夕靄の中」「深川安楽亭」「ひとごろし」「つゆのひぬま」「桑の木物語」等全九編。　（沢木耕太郎）
や-69-4

谷津矢車
おもちゃ絵芳藤
歌川芳藤に月岡芳年・落合芳幾・河鍋暁斎ら個性溢れる絵師が、幕末から明治の西欧化の波に抗い苦闘する。絵師の矜持と執念に迫る、歴史時代作家クラブ賞作品賞受賞作。　（岡崎琢磨）
や-72-1

夢枕　獏
陰陽師《おんみょうじ》　酔月《すいげつ》ノ巻
我が子を食べようとする母、己れの詩才を恃むあまり虎になった男。都の怪異を鎮めるべく今日も安倍晴明がゆく。四季の花鳥風月の描写が日本人の琴線に触れる大人気シリーズ。
ゆ-2-27